KB114513

시크릿
메즈

시크릿 메즈 4

가프 장편 소설

초판 1쇄 찍은 날 § 2016년 10월 13일
초판 1쇄 펴낸 날 § 2016년 10월 20일

지은이 § 가프
펴낸이 § 서경석

편집책임 § 조현우

펴낸곳 § 도서출판 청어람
등록번호 § 제387-1999-000006호
등록일자 § 1999. 5. 31
어람번호 § 제1-2545호

주소 § 경기도 부천시 원미구 부일로 483번길 40 서경B/D 3F (우) 14640
전화 § 032-656-4452 팩스 § 032-656-4453
http://www.chungeoram.com
E-mail § chungeorambook@daum.net

ISBN 979-11-04-91001-2 04810
ISBN 979-11-04-90929-0 (세트)

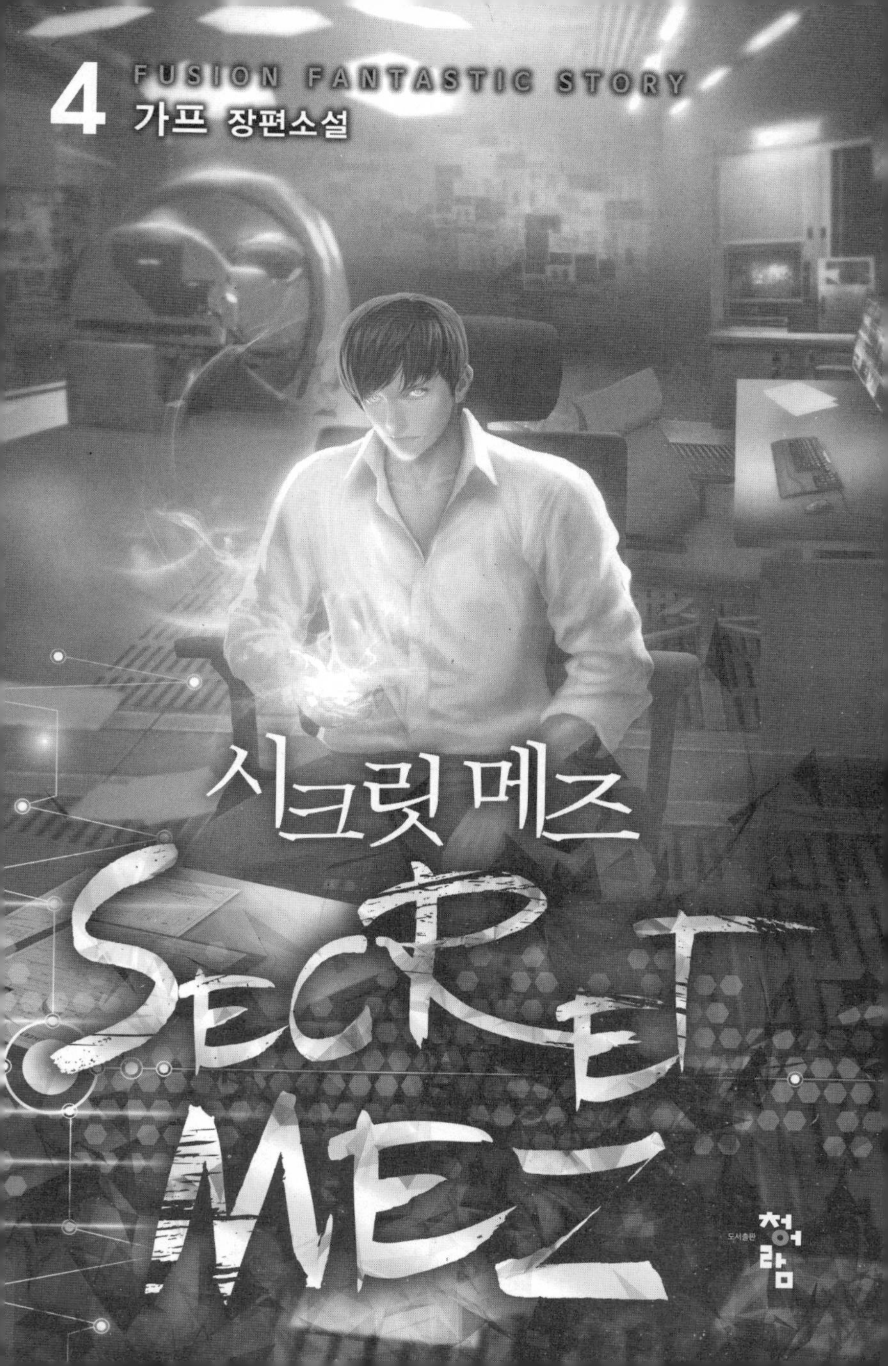
4
FUSION FANTASTIC STORY
가프 장편소설
시크릿 메즈
SECRET MEZ
도서출판 청어람

시크릿 메즈

SECRET
MEZ

CONTENTS

제1장
우군을 찾아라

"이야, 여기 캐대박인데요?"

지하 벙커에 들어선 문수가 감탄을 터뜨렸다. 덕규가 벙커 운운하니 보고 싶다기에 데려온 참이다. 어차피 같이 일하게 되었으니 알게 될 일이었다.

"에이, 방 실장님, 복층 오피스텔에 사신다며……."

덕규가 툴툴 부러움을 토했다.

"오피스텔이야 겉만 번지르르하지 공기가 얼마나 안 좋은데? 환기 거의 안 돼."

문수는 낡은 나무 의자에 엉덩이를 걸쳤다. 벙커의 자유스러운 분위기가 마음에 드는 눈치다.

방 실장!

덕규가 불만을 가질 법도 했지만 그러지 않았다. 문수의 스펙 때문이다. 좋은 대학에 좋은 경력을 갖춘 그였으니 딱히 불만이 나오지 않은 것. 불만이라면 딱 하나, 군 면제를 받은 것뿐이다.

"커튼 칸막이 샤워장에 캔맥주… 부탄가스로 끓이는 라면, 옛날 저 자취 때 포스 그대로네요."

문수의 시선이 구석의 쓰레기통으로 향했다. 통에 골인하지 못한 캔이 몇 개 보인다.

"실장님도 자취했어요?"

덕규가 물었다.

"나도 대학 졸업할 때까지는 홀아비 냄새 좀 지렸지."

"진짜요?"

"아, 진짜 그때는 나름 깨끗이 하고 다닌다고 생각했는데 친구 놈들이랑 여친들이 어찌나 놀려들 대는지… 나중에야 알았어. 그게 바로 찌든 땀 냄새라는 거."

"소위 개기름!"

"그런데 여기는 별로 안 나네? 시멘트 냄새 때문인가?"

"그게 아니라 실은……."

덕규가 문수의 귀에 대고 뭔가를 속삭였다. 그러자 문수가 배를 잡고 뒹굴었다.

"뭐라고 뺑깠냐?"

강토가 덕규를 바라보았다.

"형하고 나하고 아예 벗고 살아서 그렇다고……."

"에이, 진짜……."

강토는 쥐어박으려던 주먹을 내리고 오만 원을 내주었다.

"가서 캔맥주나 몇 개 사 와라."

"세경이도 부를까?"

"NO. 오늘은 수컷끼리!"

"오케이!"

덕규는 한달음에 벙커를 뛰어나갔다.

화르르!

안주는 북어포로 정했다.

북어포 안주.

강토의 주특기 중 하나이다. 원래는 종로 5가 닭 한 마리 상 가가 인접한 가맥집에서 본 것이다. 눈썰미 좋은 강토라 보고 바로 배웠다. 만드는 법은 간단하고 맛도 착했다.

1) 배를 갈라 말린 북어포를 신문지 위에 올리고 두툼한 잡지 로 두드려 팬다. 많이 팬다.

2) 중간 화력의 가스불이나 고화력의 가스불로 겉이 다소 타도 록 고루 익힌다.

3) 나이프나 수저 등으로 탄 부분을 싹 긁어내고 툭툭 두드려 찌꺼기 재를 털어낸다.

4) 먹기 좋은 크기로 찢는다.

5) 간장에 마요네즈를 더해 소스로 삼는다. 매운 고추장아찌가 있으면 얇게 썰어 추가하면 환상이다.

"으악, 진짜 죽이는데요?"

그래도 손님이기에 먼저 맛을 보여준 강토. 첫맛을 본 문수가 소리를 질렀다.

"이거 우리 형, 아니, 대표님 주특기 중 하나예요. 물론 나보다는 조금 못하지만."

덕규도 하나를 집어 들었다. 마른 북어구이는 세 사람의 분위기만큼이나 고소했다. 그러다 문수가 뜻밖의 말을 꺼내 들었다.

"저… 아까 그분들 압니다."

"누구?"

강토가 고개를 들었다.

"아까 대표님이 만난 정치인들 말입니다."

"어떻게?"

"제가 전에 잠깐 정정련에서 간사로 일했잖습니까? 잘나가다가 주사 때문에 잘리긴 했지만."

정정련!

그러고 보니 이성표도 정정련을 언급했었다. 그의 실력이라면 문수를 쏘셔 넣었을 수도 있을 것 같았다.

"그때 정정련에서 굉장한 프로젝트를 준비하고 있었는데 저도 거기 실무자로 참가했었거든요."

"계속해 봐."

강토는 캔맥주를 집어 들었다.

"내부 조사와 함께 수집된 정보를 바탕으로 대표적 비리 의원 20명을 뽑아 공개 검증을 제의하려던 건데… 그때 아까 본 석 의원도 포함되어 있었습니다."

"그래?"

강토는 마시던 맥주를 내려놓았다. 그냥 넘길 수 없는 말이 었다.

"다른 20여 명은?"

"명단 말씀입니까?"

"가지고 있나?"

"웬걸요. 정정련이 정치 쪽에서는 그래도 나름 알아주는 시민단체잖아요? 공무에 쓰인 서류를 사적으로 빼돌리지는 못합니다."

"그래……."

"그래도 대충 거물들은 기억하고 있습니다만……."

"그럼 아는 대로 말해봐."

"석 의원 외에… 은재구 의원… 장삼락 의원… 황충서 의원… 곽태일 의원… 이대욱, 김일기, 천상길, 하태호, 지용만……."

"뭐야? 그럼 20명 거의 다 기억하는 거잖아요?"

듣고 있던 덕규가 볼멘소리를 터뜨렸다.

"은재구도 거기 있단 말이지?"

강토가 물었다.

"그럼요. 그때 그 프로젝트가 새어 나가자 정치권에서 난리가 났었지요. 자기 이름이 명단에 있는지 없는지 확인하려고 말입니다. 저한테도 십 수 명이 치근댈 정도였고요."

"결과는?"

"꽝 났습니다."

"없던 일로?"

"예, 일단 그 명단에 드는 것만 해도 파장이 클 일이므로 여야 공히 난리가 났었거든요. 우리 쪽도 조금 미숙한 면이 있었고요."

"어떤?"

"증거 부족이죠, 뭐. 제보라는 게 '카더라' 통신이 많잖습니까? 일부는 경쟁자에게 흠을 내기 위해 의도적으로 조작된 것도 있고, 그게 또 하나만 삐끗해도 정정련의 도덕성에도 치명타가 될 수 있는 터라……."

"로비가 들어온 건 아니고?"

"로비도 왔었죠. 제 생각에는 그 두 가지가 주요 원인이었던 것 같습니다. 결국 당시 공동대표를 맡은 두 분이 정치권 거물들과 만나 자정을 약속받는 선에서……. 그 후로는 제가 잘린 터라 자세히는 모릅니다."

"용두사미(龍頭蛇尾)가 되었다?"

"아마 공동대표이던 어창진 씨한테 배팅이 들어간 눈치였습니다. 그래서인지 그 양반이 지난 총선 때 그쪽 직능대표로 여당 금배지 달았거든요."

"야합이네?"

"뭐 원래도 여야에서 영입 제의가 있다는 말은 있었는데… 좋게 보면 오비이락(烏飛梨落)이고 나쁘게 보면 난만동귀(爛漫同歸), 즉 그놈이 그놈이 된 거죠."

"윽, 갑자기 왜 그렇게들 어려운 말을… 한글 사랑합시다."

듣고 있던 덕규가 고개를 저었다. 문수는 빙긋 웃음을 머금더니 말을 이어갔다.

"그게 시민단체들의 한계이기도 하죠. 시민단체도 정부의 지원금을 받다 보니……."

문수가 말을 흐렸다. 그래도 강토에게는 긴 여운으로 남았다. 신뢰받는 시민단체를 낄 수 있다면 금상첨화가 될 일이었다. 어차피 정치권이라는 건 거대한 성곽. 우군이 많을수록 기울어진 성곽을 바로잡는 데 유리했다.

"그럼 당시 대표 중의 한 사람은 남아 있는 건가?"

"예, 공허 스님이라고……."

"스님?"

"당시에도 그분은 한번 밀어보자는 입장이었는데 아무래도 종교인이다 보니 내부에서도 어 대표를 따르는 사람들이 많아서……."

"그렇다고 완전히 독립군은 아니었겠지?"

"그럼요. 몇몇 간사들은 공허 스님파입니다. 저도 그랬고요."

"그럼 말이야, 당시에 그거 추진하던 실무자 중에 아직 거기서 일하는 사람 있으면 좀 만나볼 수 있을까?"

"대표님이 간보시게요?"

"서로 뜻이 맞으면 못 할 것도 없잖아?"

"그거 확 당기는 말씀인데요? 그때도 사실 그거 흐지부지되길래 저 열 좀 받았거든요."

"그래서 술 마셨겠군."

"예."

"그래서……"

개가 됐고?

뒷말은 생략했다.

"정국조라고, 수석 간사님이 있는데 그분이라면 아직도 칼 갈고 있을 겁니다. 그 프로젝트를 실제로 기획하고 지휘한 분인데 무척 아쉬워한다는 후문을 들었거든요."

"약속 잡을 수 있어?"

"그렇긴 한데 그냥은 안 나설 겁니다. 지난번에 워낙 뒤통수를 세게 맞아서……"

"증거는 우리가 물어다 주면 되잖아?"

"그게… 정치라는 게 워낙 되는 일도 없고 안 되는 일도 없는 쪽이라……"

"그냥 속 시원히 말해봐. 뭐가 문제야?"

"제가 나중에 객관적으로 판단해 보니까 이게 여론의 싸움이더라고요. 그러니까 일단 결정적인 증거도 필요하지만 그 증거를 국민들에게 확인시키고 지지해 줄 우군이 필요하다는 거죠."

국민들에게 확인!

두 가지 경로가 있다. 사법당국에 의한 불법 확인, 또 하나는 언론. 말인즉슨 만인에게 공표가 되어야 수월하다는 의미였다.

"그렇지 않으면 정정련이라고 해도 불리하거든요. 국회의원들은 다양한 우군을 가지고 있으니까요."

"접수했어."

강토는 문수의 속뜻을 간파했다. 역시 국회의원들의 파워는 상상 이상인 모양이다. 동시에 조아인을 떠올렸다. 정의감에 불타는 열혈 앵커. 방송 역시 권력의 한 축으로 꼽히는 마당. 그녀라면 도움이 될 것도 같았다.

강토―방송국―정정련!

그만하면 괜찮은 트라이앵글 포진이다.

나아가 반석기.

확실한 증거를 잡아낸다면 반석기도 마무리 정도는 거들 수 있다.

"일단 그 사람 속 좀 떠보고 그 프로젝트 다시 가동하고 싶다고 하면 나랑 약속 좀 잡아줘. 대안은 내가 마련해 볼 테니까."

"그렇게 하죠."

벙커의 쫑파티는 그렇게 끝났다. 문수는 자기 차를 몰고 퇴근(?)했다. 캔맥주 반을 마셨으니 말리지 않았다. 술을 놓고도 욕심을 부리지 않으니 개진상은 완전히 탈피한 것 같았다.

잠시 소파에 앉아 이름 하나를 곱씹었다.

은재구이다.

이미 비리 의원 명단에 올랐던 사람. 정정련에서 확보한 그의 자료가 궁금했다. 세상 사람들에게는 어떤 게 알려져 있는 걸까?

'천천히……'

마음을 달랬다. 서두르지는 않기로 했다. 강토는 전화기를 뽑았다. 손끝에 선택된 사람은 조아인이었다. 식사 약속이 거의 된 상태. 어쩌면 그냥 인사로 흘릴 수도 있었지만 그 카드를 써먹기로 했다. 목소리를 가다듬은 강토는 조아인을 향해 힘찬 인사를 보냈다.

"안녕하세요? 저 착한 일에 협조한 이강토라고 하는데요?"

—어, 이 실장님!

전화기 저편에서 조아인의 목소리가 힘차게 흘러나왔다.

여의도에서 만나기로 했다. 신경이 쓰였다. 여자이기 때문이다.

"좀 아닌 거 같은데?"

아버지가 사준 양복으로 빼입은 강토. 덕규의 평은 그리 호의적이지 않았다. 다른 것으로 체인지.

"구려!"

"그럼 이건?"

"촌티 작렬."

"이것도?"

"아, 형, 잘나가는 삐 컨설팅 대표가 옷이 그렇게 없어?"

"됐어. 그냥 내 마음대로 입고 간다."

다 벗어치우고 아버지가 사준 양복으로 입었다. 말없이 강토편인 아버지. 옛날에 해주신 말이 떠올랐다.

"아빠, 애들이 엄마 없다고 놀려."

아버지가 웃었다.

"아빠는 있잖니."

"애들이 나 못생겼대."

"아빠가 볼 때는 네가 최고거든. 아빠 말을 인정하지 못하는 놈들은 전부 집으로 데려오렴. 아빠가 처리해 줄 테니."

그런 아버지가 사준 옷이다. 사이즈까지 딱 맞았다.

"운전은 내가?"

"됐네. 부실장은 쉬시도록."

덕규도 떼어놓았다. 공연히 부려먹고 싶지 않았다. 알바를 할 때 배운 경험담이다. 근무가 끝났을 때 여벌로 불려가는 일이 가장 싫었다. 퇴근 후의 자유, 남들이 흔히 말하는 저녁이 있는 삶까지는 아니어도 휴식을 방해하는 건 좋은 오너가 아니라고 믿었다.

벙커를 나오니 조금 신경이 쓰였다. 문수의 말 때문이다.

홀아비 냄새.

'큼큼!'

나는 것도 같았다.

별수 없이 세경이를 불러냈다. 그녀가 쓰는 향수 중에서 담담한 것으로 빌렸다.

"우리 대표님, 여자 만나러 가는 거죠?"

세경이 실눈을 뜨며 물었다.

"여자 맞아."

"사적으로?"

"반반!"

두 번 뿌린 향수는 다시 돌려주었다.

약속 장소인 작은 레스토랑.

분위기는 좋았다. 촌놈이 되는 기분도 들었다. 메뉴판도 럭셔리하고 가격도 좀 셌다. 중요하지 않았다. 중요한 건 조아인이 오지 않았다는 사실.

20분이 지났다.

'문자를 보내볼까?'

—아니야. 쪼잔해 보여.

'혹시 방송 때문에?'

—그럴지도.

'나를 무시해서?'

—젠장!

생각이 쓸데없는 가지를 뻗을 때 조아인이 들어섰다.

"늦어서 미안해요. 오래 기다렸어요?"

"아, 아뇨!"

오만가지 생각을 했으면서도 입에서 나온 건 강력한 부정이었다. 눈 때문이다. 아니, 강토 식으로 말하면 뇌 때문이다. 눈을 차고 들어온 조아인의 활달한 미모. 그게 뇌로 들어와 감각을 마비시켜 버린 것이다. 신경전달물질이 홍수를 일으키면서.

그만큼 눈을 끌었다. 방송을 할 때와는 아주 달랐다. 그때는 눈부신 세련미였지만 지금은 강력한 이끌림이었다. 거부감이 없는 분위기라 더 그랬다.

"어머, 혹시 에르메스 르 자르뎅 드 무슈 리 우먼 오드뚜왈렛?"

"예?"

"향수 말이에요. 에르메스 르 자르뎅 드 무슈 리 우먼 오드뚜왈렛 아니냐고요?"

"좀 천천히 말해주시면……."

"저도 같은 걸 쓰는데……."

조아인의 시선이 정통으로 꽂혀왔다. 이유를 알 것 같았다. 길고 긴 꼬부랑 단어 중에 섞여 있는 '우먼'. 그건 곧 이 향수가 여성용이라는 뜻이 아니겠는가?

"아, 이거… 오늘 땀을 많이 흘려서 여직원 거 몰래 한번 뿌렸어요."

"오해 마세요. 전 반가워서 한 말이거든요. 운 자르뎅 수르뜨와 우먼 오드뚜왈렛 쓰는 사람은 꽤 되어도 이거 쓰는 사람은 많지 않아서요."

"아, 예……."

"됐고요, 뭐 드실래요? 오늘은 제가 쏠 테니까 뭐든 시키세요. 나중에 후회하지 말고요."

조아인은 시원시원했다.

"그럼 제일 비싼 거 시켜주시죠."

"여기요!"

강토의 말이 끝나기가 무섭게 조아인이 손을 들었다. 실내가 울릴 정도였다. 웨이터가 다가왔다.

"오늘 와규 어때요?"

"최상급 숙성이 준비되어 있습니다."

"그럼 스테이크로 준비해 주세요. 와인은… 와인 어때요? 뭐 마음에 안 드시면 쐬주도 좋고."

아인이 강토를 돌아보았다.

"와, 와인으로 가죠."

"그럼 탑탑하고 힘찬 레드로 준비해 주세요."

"예!"

웨이터는 허리를 절반쯤 접은 후에 물러났다.

"단골이신가 봐요?"

강토가 물었다.

"원래는 주로 얻어먹는 쪽인데 오늘은 모처럼 쏘는 거예요. 돈 내는 입장이니 목에 힘 좀 줘야죠."

이 여자, 숨기는 것도 없다.

"영광이군요."

"실은 제가 영광이죠. 은서 일은 정말 고마웠어요."

"그거야 저도 보람된 일이었는걸요."

몇 마디 나누는 사이에 요리가 나왔다. 플레이팅이 정말 예술이었다. 그렇다면 맛은? 맛은 뭐 그렇게 예술까지는 아니었다.

"제가요, 보답은 꼭 하는 성격이니까 나중에 제 도움 필요하면 말씀하세요. 보기보다 일 잘해서 양파 까기, 마늘 까기 그런 거도 잘해요."

"양파에 마늘 까기요?"

뜻밖의 말에 강토가 고개를 들었다.

"그럼요. 마늘은 물에 몇 시간 불렸다가 까면 잘 까지죠."

"사기처럼 들리는데요. 아인 씨 같은 분이 무슨……."

"우리 어머니가 전에 게장 사업하셨거든요. 저 대학 때까지 그거 까야 용돈 받았어요. 어떤 때는 기말고사 때도 게 등딱지 팍팍 닦아야 했고……."

'이 여자, 진짜인가 보네?'

"게는요, 구석구석 잘 닦아야 게장 맛이 안 변해요. 뭐 그러다 손도 많이 찔리고 물리기도 했지만요."

"그거 말고 다른 거 한번 같이 안 해볼래요?"

"다른 거요?"

"그것도 좀 많이 찔리고 물리는 일인데……."

"뭔데요?"

"정치 청소!"

"……?"

포크에 매달린 고기를 물던 그녀의 고개가 불쑥 올라왔다.
조금 서두른 걸까? 활발한 표정에 꽂힌 강토, 말은 꺼내고는 은
근 걱정이 되었다.

"진짜 많이 찔리고 물리는 일이네요."

긍정 사인!

그녀가 시원하게 웃었다.

*　　　　*　　　　*

"겁나죠?"

"저야 뭐 이미 게들한테 많이 당해봐서… 그런데 실장님은
어때요? 경험 없으실 거 같은데?"

그녀의 발음은 자꾸만 '개'로 들렸다. 반가운 발음이었다.

"이제부터 좀 당해보려고요."

"쉽지 않을 텐데… 다칠 수도 있고. 그런데 굳이 하려는 이유
가 뭐죠?"

"상행하교(上行下敎), 윗물이 더러우니 나도 오염될 것 같아서
요."

"청와대 일이 발단인가요?"

"혹시 차일환 박사 아세요?"

"알죠. 그 유명한 뇌 박사님?"

"유감스럽게도 그분이 발단입니다. 더 이상은 묻지 마세요."

"쳇, 누굴 아마추어로 알아요? 가장 고귀한 척하는 지도층이

가장 썩었다. 그 정도는 기본이라고요."

"아시네?"

"청소 범위는요?"

그녀가 물었다.

"범위가 중요한가요?"

"일단 대답부터 해보세요."

아인은 일방통행이다. 장난도 아니고 그렇다고 위압적인 표정도 아니었다. 방송에서 수많은 뉴스를 다뤄본 앵커다웠다. 기왕 벌인 일, 강토는 정공법으로 나가기로 마음먹었다.

"All!"

한마디로 대답했다.

"전부요?"

"제가 전에 배관설비업자 따라다니며 두 달 정도 알바를 해봤는데 부식된 배관은 전체 배관 교체가 가장 경제적인 방법이라고 하더군요. 필요한 데만 해봤자 결국 남은 쪽에서 터진다고."

"대안은요?"

"대안?"

"청소하고 나면… 어떤 배관으로 교체할 건데요?"

"그것도 제가 해야 하나요?"

"삭은 배관 뽑아내는 사람이 교체도 하는 거 아닌가요?"

"……!"

강토는 모골이 송연해지는 걸 느꼈다. 조아인의 말, 틀리지 않았다. 하지만 강토는 거기까지는 생각해 보지 않았다. 썩은 정치인을 골라낼 수는 있지만 대타를 세울 위치는 아니기 때문이다.

장철환!

순간 그 이름이 스쳐갔다. 그러면 대안이 될 수도 있었다.

"그런 능력이 있는 사람은 압니다."

"누구죠?"

아인은 눈도 한 번 끔뻑하지 않고 파고들었다.

"장철환!"

강토도 피하지 않았다. 방송가에 알려진 장철환의 이미지가 궁금한 측면도 있었다.

"75점은 되는 사람이군요."

조아인이 웃었다. 나쁜 평판은 아닌 모양이다.

"그런데 그거 하려면 제대로 물리고 찔릴지도 몰라요. 그래도 괜찮겠어요?"

"최소화해야죠."

"그런데 왜 하필 배관을 예를 들어 설명한 거죠?"

"배관이 건물의 혈관 아닙니까? 인체로 치면 혈관이 안 좋고서야 건강할 사람이 없죠."

"나쁘지 않군요. 그러니까 이 실장님 주특기인 뇌파 분석을 발휘해서 정치인들의 부정 비리를 색출한다?"

"예!"

"그거 안 먹히는 사람도 있다면서요?"

아인이 슬쩍 딴죽을 걸고 나왔다. 그녀에게 한 말을 제대로 써먹고 있는 것이다.

"정치인이 죄다 나쁘지는 않겠지요."

강토가 받아쳤다.

"그렇긴 하네요. 악당 한둘은 남겨둬야 정의가 돋보이게 된다는 말도 있으니."

"콜?"

"저는요, 사실 실증주의자거든요. 지난번 은서 일로 해서 이 실장님 능력을 의심하지는 않는데 꼭 필요한 사람에게 뇌파 분석이 안 먹히면 어떻게 되는 거죠?"

"……."

"그러니까 저를 다시 봐주세요. 저한테 뭐라도 하나 읽어내면 긍정적으로 생각해 볼게요."

아인이 승부수를 던졌다. 자기 스스로 확인해야 직성이 풀리겠다는 의미이다.

―미안하지만 아인 씨는 안 됩니다. 안 되는 건 안 되는 거예요.

강토는 그 말을 조금 다르게 표현했다.

"그럼 아인 씨 직속상관 있나요? 예를 들어 제가 소스를 주면 결재권을 행사하는……."

"있죠. 채 국장님!"

"사진 있나요?"

"여기!"

아인이 화면을 내밀었다. Air On이 되기 직전, 즉 방송 사인이 들어오기 전에 함께 찍은 사진이었다.

"이분이라면 가능할 것도 같습니다."

"어디까지요?"

"당신이 원하는 거 전부!"

강토도 승부수를 던졌다.

"그렇다면 말이죠."

아인의 옵션이 튀어나오기 시작했다.

채웅균 국장!

50대의 방송통이다. 게다가 방송국의 꽃으로 불리는 보도국장. 강토는 아인을 따라 그와의 약속 장소로 이동했다. 대리 기사가 두 명이나 붙었다. 술을 많이 마신 건 아니었지만 아인의 눈이 있었다. 강토는 아인의 차에 동승했다. 그녀의 차가 더 좋은 까닭이기도 했고 배려심도 작용했다.

방송국 국장!

신기했다. 그 어마 무시한 직책을 가진 사람을 보러 가는데도 떨리거나 하지 않았다. 이 또한 경험이다. 청와대에서 대통령까지 만난 강토. 국장이 대통령 이상일 리 없었다.

"우리 국장님, 합리적이지만 무척 깐깐하시기도 해요."

약속 장소가 가까워지자 아인이 정보를 던져왔다.

"예······."

"그러니 히든카드가 있으면 아끼지 말고 기선 제압하시는 게 좋을 거예요. 조금 맹탕이다 싶으면 바로 잘라 버리거든요."

"참고하죠."

속전속결!

강토는 그 단어를 머리에 담았다.

채 국장은 10분 정도 늦게 나왔다. 사전 약속을 끝내고 집으로 귀가하는 차였다. 그걸 아인이 낚아챈 것이다.

"이어, 우리 조 앵커가 웬일로 늙은이를 다 호출하고?"

인상은 후덕해 보였다. 그러면서 깐깐해 보이기도 했다. 강토는 아인의 옆에서 정중히 인사를 올렸다.

"뇌파 분석가 선생 아니신가?"

그는 강토를 기억하고 있었다.

"제가 데이트 신청했는데 국장님 직급 정도 아니면 성이 안 찬다네요."

아인이 콧소리를 내며 분위기를 띄웠다.

"어이쿠, 우리 간판 조 앵커가 딱지 맞은 정도면 나 가지고 되겠어? 어디 예능국장 꼬드겨 아이돌 여가수라도 불러다 미인계 쓸까?"

"GBS 채웅균 국장, 아이돌에게 술시중 추태. 내일 9시 메인 뉴스에 나오고 싶으세요?"

"왜 이러시나? 안 그래도 우리 부장 하나가 여자 아나운서한테 카톡 추파 보냈다고 노조가 들썩거리는 판에."

"국장님, 오늘 여당 원로급 모임에 나가신다고 했죠?"

"말은 똑바로 하자고. 나가는 게 아니고 끌려가는 거지."

"그분들은 사우나하고 오셨던가요?"

"그랬겠지. 겉은 늘 청순지고하신 분들 아닌가?"

채 국장이 장단을 맞춘다. 죽이 척척 잘도 맞는다. 둘은 대략 정치 성향이 비슷한 모양이다.

"술 조금 드셨죠?"

"어쩌겠어? 안 먹으면 눈 밖에 나서 뒤통수 노릴 텐데."

"우리 이 실장님이 그 술 확 깨게 해주신대요."

"그래?"

국장의 시선이 강토에게 건너왔다.

"이태극 의원님과 따로 만나셨군요. 보좌관 월급 전용 문제… 보도 좀 막아달라고."

강토는 국장의 미간을 바라보며 부드럽게 포문을 열었다.

"……?"

생각 없이 강토를 바라보던 국장의 표정이 석고상으로 변하는 게 보인다.

"명함도 받으셨죠? 그걸 취재해 간 여자 기자… 이름이……."

강토는 잠시 기억을 더듬는 척 뒷말을 이어놓았다.

"강선주!"

"……?"

"의원님들 술값은… 안경을 끼고… 40대 후반으로 보이는… 감색 양복을 입은 분이 치렀군요. 그 역시 이태극 의원님이 데려온 사람."

"조 앵커?"

왈딱 뒤집어진 국장의 시선이 아인을 바라보았다. 그러자 아인이 들고 있던 술잔으로 테이블을 후려쳤다.

"아, 진짜!"

"……?"

이번에는 강토가 아인을 바라보았다. 뭐가 잘못된 걸까?

"국장님, 지금 이 실장님이 한 뇌파 분석 맞아요, 틀려요?"

아인이 국장을 다그쳤다.

"그, 그게……."

"평소답지 않게 왜 그러세요? 맞아요, 틀려요?"

"맞아."

"어느 정도요?"

"100%……."

"미치겠네, 진짜!"

아인은 자기 손으로 술을 따라 원샷을 해버렸다.

"뭐가 잘못되었나요?"

강토가 조심스레 물었다.

"잘못되었죠. 그러니까 내 말은 다른 사람은 이렇게 술술 되면서 나는 왜 안 되냐고요?"

아인이 일어나 언성을 더 높였다.

"조 앵커……."

국장은 여전히 뜨악한 시선으로 아인을 바라보았다.

"이 실장님… 부패한 정치인들 뇌파 분석으로 까발리는 시사고발 코너 하나 달래요."

아인은 그렇게 말하며 자리에 앉았다.

"정규 뉴스에 정치인들 비리 고발 코너?"

"그럼 뭐 예능에 집어넣으려고 국장님 모셨겠어요?"

"그럼 지금 나한테 맛보기로 간을?"

국장이 강토를 바라보았다.

"죄송합니다."

"그러니까… 그게 이 실장님의 뇌파 분석?"

"예……."

"허어, 미치겠군. 아, 혼자만 마시지 말고 나한테도 좀 부어
봐."

남은 술을 비워낸 채 국장이 아인을 닦아세웠다.

꼴꼴꼴!

채 국장의 잔이 채워졌다.

"One More!"

꼴꼴!

한 잔이 더 들어갔다.

"이거 믿어야 돼, 말아야 돼? 어디 내 몸에 몰카 붙여놓은 거
아니야?"

"예능국장님 불러드려요? 그분이라면 몰카 금방 찾아낼 텐
데."

아인이 다시 받아쳤다.

"더 해볼까요?"

강토가 물었다.

"더 가능하단 말인가요?"

"다행히 국장님하고 저하고 뇌파가 제법 맞아서 말이죠."

"그럼 내가 제일 싫어하는 동물!"

"고양이입니다."

"제일 좋아하는 음식!"

"전어회!"

"제일 좋아하는 직원!"

거기서 아인이 끼어들었다. 강토가 국장을 바라보았다. 맞혀도 되는지 허락을 구하는 것이다.

"그건 안 돼!"

국장이 막아섰다. 그리고 뒷말을 이었다.

"그만! 여기까지!"

강토를 멈춰 세운 국장은 물 잔을 들고 단숨에 비워냈다.

"저도 그런 건 읽어낼 생각 없습니다."

강토도 국장을 지지했다.

"어이가 없군. 지난번에 오리무중에 빠진 어린아이 성폭행범을 뇌파로 잡는 데 도움을 줬다는 말은 들었지만……."

"도움을 준 게 아니고 우리 이 실장님이 전적으로 체포한 거나 다름없어요. 수갑만 경찰이 채웠을 뿐이지."

아인이 부연했다.

"그러니까… 정리 좀 해봅시다. 우리 이 실장님하고 뇌파만 맞으면 어떤 의원이라도 비리와 부패를 죄다 알아낼 수 있다?"

채 국장의 목소리가 고조되기 시작했다.

"예."

"그 기반은 정정련에서 제공하고?"

"예."

"이 대표 보증은 우리 조 앵커?"

"어쩌겠어요?"

아인이 어깨를 으쓱해 보였다.

"허어, 구린 구석 있는 의원 나리들, 장관 나리들, 오늘부터 발 뻗고 잠자긴 글렀군."

"어머, 허락하시는 거예요?"

"아니면? 이보다 더 대박 특종이 어디 있어? 당장 계약하자고."

"계약이요?"

강토가 물었다.

"요즘 방송가도 이래요. 시청률 좀 나올 만한 소스라면 먼저 잡는 게 임자죠."

다시 아인의 설명.

"그럼 제 제안을 받아준다는 겁니까?"

강토의 시선이 국장에게 향했다.

"물론이죠. 하지만 방법론적인 건 숙의가 필요할 것 같습니다. 비리 의원 선정이라든지 보도 방식이라든지……."

"일단은 긍정적인 답변 하나로 되었습니다. 전반적인 건 제가 좀 더 구체화해 보고 다시 찾아뵙도록 하죠."

"그런 거라면 같이 해도 됩니다. 이거 보통 일이 아니라서 전문적이면서도 기술적인 접근도 필요하고……."

"그래서 정정련과 머리를 좀 더 맞대보려고요."

강토가 속내를 밝혔다. 이미 채 국장의 뇌를 스캔한 까닭이다. 그는 진정한 방송통이고 현 정권의 딸랑이도 아니었다. 게다가 개혁적인 성향도 곳곳에서 발견되었다. 부패한 정치에 들이대는 방송의 메스. 그런 뉴스 코너도 생각한 적이 있는 사람이었으니 신뢰할 만하다고 판단한 것이다.

"그쪽도 믿을 만한 사람을 고른 거겠죠?"

"국장님처럼 저랑 뇌파 코드가 좀 맞는 사람이 있는 것 같습니다. 그분과 다리를 놓겠습니다."

"하긴 이런 능력이라면……."

채 국장은 이미 강토의 진가를 인정했다. 상대의 속내를 파악할 능력을 갖춘 사람이니 다른 염려는 군소리가 될 게 뻔했다.

"좋아요. 이 실장 머리에 든 구상이 뭔지는 모르지만 어느 정도 라인이 잡히면 다시 만나서 세부 조율을 합시다. 편하게 언론 권력 누리던 우리 취재기자들 발에 불이 나긴 하겠지만… 정치적으로 불손한 목적만 없다면 나는 찬성이오. 방송에도 이제 좀 긴장감이 필요하거든."

"고맙습니다."

강토도 기분이 좋아졌다. 남은 술을 다 비워냈다. 마음이 통하는 사람을 만난다는 것, 그건 늘 기분 좋은 일이었다.

국장이 먼저 떠났다. 강토와 아인이 나란히 배웅을 했다.

"고맙습니다."

강토는 아인에게도 고마움을 잊지 않았다.

"그건 제가 할 말이네요."

그녀가 웃었다.

"왜요?"

"이 실장님 말대로 되는 거라면… 그리고 그 검증이 성공한다면 이건 방송 사상 초유의 뉴스 코너가 되는 거라고요. 어쩌면 제가 특진할지도 모르죠."

"뭐 그렇게까지……."

"아무튼 아직 이 실장님의 세세한 그림을 모르긴 하지만 잘해 나가시길 바라요."

"또 고맙습니다."

"그렇게 고마우면 그거나 까발리세요."

"뭐요?"

"우리 국장님이 제일 좋아하는 직원. 눈치를 보니 다 알아낸 것 같은데……."

아인의 입술과 코가 실룩이는 게 보였다.

"방송국에 경쟁자 있어요?"

"아, 진짜……."

"그거 맨입으로 안 되는데……."

"그럼 다음에 또 밥 살게요. 됐어요?"

"아뇨. 오늘 밥은 아인 씨가 샀으니 다음에는 제가. 됐어요?"

"좋아요."

"조아인 앵커!"

"그렇게 안 불러도 조아인이 내 이름이라는 거 사람들이 다 알아요, 이 실장님!"

"아, 우리 회사 체제가 좀 바뀌어서 제 직함이 대표가 되었어요."

"네? 이 대표님!"

"조아인 앵커!"

"장난 좀 그만하고요."

"당신이라고요. 채 국장님이 가장 신뢰하는 직원."

그 말과 함께 강토는 먼저 도착한 대리 기사에게 아인을 맡겼다.

"정말이에요? 립서비스 아니고요?"

"당신이 넘버 원, 넘버 투는 송재오 씨네요."

"……!"

송재오!

그 이름에 아인의 미간이 굳었다. 아마 그녀의 경쟁자인 모양이다.

"오늘 고맙습니다. 조심히 들어가세요."

"이 대표님도……."

그녀가 손을 들기 무섭게 차가 출발했다. 와일드한 기사인지 차는 금세 멀어졌다. 점점 작아지다 마침내 시야에서 사라지는 그녀의 차를 보며 강토가 중얼거렸다.

'좀 천천히 가도 되는데 말이야.'

입가에 작은 미소가 피었다. 첫 돌은 대충 놓았다. 이제 정정련과 맞장 뜰 차례였다. 거기는 쓸 만한 인간이 있는지 아닌지……

'세상이 그렇게 폭삭 썩지는 않았겠지.'

강토는 희망적으로 생각했다.

*   *   *

따르릉! 따르릉!

사무실에 전화 벨소리가 잦아졌다. 의뢰 문의와 예약 전화였다. 그건 이제 염려하지 않아도 되었다. 다 방문수 덕분이다. 이미 이성표 밑에서 컨설팅과 로비에 대한 실무를 탄탄하게 쌓은 문수. 단 이틀 만에 사무실 틀을 잡아놓았다.

그 첫째는 직원들의 업무상 기밀 누설 금지 각서. 사인에 지장까지 받아 공증을 받았다.

"아, 진짜 이런 것까지 해야 돼요?"

덕규가 볼멘소리를 했지만 문수는 눈도 까닥하지 않았다. 내부 운영과 조율에 대해서는 전권을 위임받은 문수였다.

강토는 문수의 됨됨이를 체크했다. 몇 개의 기억을 더듬는 것으로 충분했다.

먼저 그의 생애 최고 비밀.

그건 똥물 투하였다. 중학교 2학년 때다. 공부를 잘한다는 이유로 노는 학생들의 시샘의 대상이던 문수. 반에서 노는 아이 둘에게 소소한 시달림을 받았다. 소소하지만 문수에게는 큰 스트레스였다.

복수!

문수는 칼을 갈았다. 우등생답게 완전범죄를 노렸다. 기회가 왔다. 두 날라리가 꼬시려는 여학생들과 처음으로 만나는 날이었다. 그건 문수만 아는 게 아니었다. 그들이 떠벌리고 다니는 통에 거의 전교생이 아는 일이었다.

똥을 모았다. 개똥, 쥐똥, 고양이똥에 어른들이 입으로 싸질러 놓은 똥(?)도 모았다. 오바이트 토사물이 그것이다. 그것들을 음식물쓰레기 봉지에서 짜낸 국물에 잘 혼합했다. 문수에게는 중학 시절 최고의 화학 실험인 셈이다.

그들이 만나는 곳은 학원 앞. 고맙게도 출입문이 세 곳이나 되는 장소였다. 문수는 4층 옥상에서 몇 번의 실험까지 마쳤다. 그리고 두 날라리가 나름 빼입고 도착하자 핵 투하를 감행했다. 두 핵폭탄은 두 날라리의 머리를 적중시켰다. 여학생들이 모습을 드러낸 순간이었다. 학원생들이 쏟아져 나오는 순간이었다.

폼생폼사의 두 날라리, 한동안 학교에 나오지 않았다. 결국 1년을 꿇었다. 꿇은 1년 동안 범인을 잡으러 다닌다는 소문이 돌았지만 문수는 걸리지 않았다. 문수는 그 학원생도 아니었고 두 날라리는 그저 치기 어린 중학생에 불과했다. 형사가 아닌 것이다.

'푸웃!'

문수의 최대 비밀을 확인한 강토는 웃음을 참지 못했다. 다른 비밀들도 인간성을 의심하게 할 만한 사안은 아니었다. 그야말로 강토에게 딱 필요한 문수. 그 역시 강토 덕분에 개진상을 면하게 되었으니 서로 윈-윈 하는 만남이 된 셈이다.

문수는 이내 세경이의 기본 틀도 잡아놓았다. 여직원은 기업의 얼굴. 잘한 건 티가 나지 않아도 잘못하는 건 티가 나 이미지를 망칠 수 있다는 지론이다.

세경은 불만을 갖지 않았다. 그렇잖아도 업무의 멘토가 없던 차라 은근히 반기는 기색도 보였다. 더구나 차분한 면이 있어 업무 습득도 아주 빨랐다.

"미용실 가위질보다 훨씬 재미있어요!"

상담을 끝내면 웃는 것도 잊지 않는다. 인사는 미용실에서 몸에 밴 터라 저절로 발휘되었다. 역시 사람은 적성이라는 게 있는 모양이다.

"예, 방문하시면 상세하게 말씀드리겠습니다."

문수는 네 번째 통화를 끝냈다.

"실장님, 성사?"

덕규가 물었다.

"절반은!"

웃으며 대답하는 걸 보니 또 한 건 문 모양이다. 의뢰는 이제 활성화되고 있었다. 여기저기서 말이 새어 나간 것이다. 결정적으로 방송도 한몫을 했다. 청와대 수석 비서관 인선에 참여한 뇌파 분석 전문가. 거기에 더해 은서의 범인 검거 공적까지 뉴스를 타자 아름아름 의뢰처가 늘어난 것이다.

강토는 두 개의 지침만 내려주었다.

〈큰 건 의뢰 중심—이건 고급 브랜드(?)를 형성하기 위한 전략〉

〈작은 건에도 관심—소소하지만 정말 억울한 사안, 이건 브랜드의 가치를 높이기 위한 전략〉

두 사안은 문수와 머리를 맞대고 결정했다.

"대표님!"

문수가 접수된 의뢰를 정리해 강토에게 내밀었다. 일목요연하게 정리된 게 보기 좋았다. 확실히 덕규와 세경이만 데리고 일할 때와는 분위기가 달라졌다.

"1순위로 지시하신 은재구 의원은 지금 중국 방문 중이랍니다. 한 달 일정이라니 금방 올 것 같지는 않습니다."

"목적은?"

"중국 실력자들과 뭔가를 조율하러 간 눈치입니다. 중국이 뜨니 그쪽 정치 기반을 강화해 입지를 반석에 올리겠다는 속셈이겠죠."

"그래?"

은재구는 중국행. 그렇다고 거기까지 쫓아갈 생각은 없었다.

"다음 건!"

"주요 의뢰입니다. 1안, 2안, 3안 순으로 정하고 사연이나 의뢰 목적을 소제목으로 뽑고 두세 줄 핵심 내용을 요약해 놓았으니 훑어보고 결정하시면 될 겁니다."

바로 서류를 확인하는 강토. 과연 소제목과 핵심 내용이 눈에 쏙쏙 들어오니 일일이 확인하지 않아도 되었다.

　"방 실장, 머리 안 아파?"

　강토가 웃으며 물었다.

　"왜요?"

　"이런 거 말이야. 기안이다 PPT다 말은 많이 들었지만 이렇게까지 만들려면……."

　"대표님, 국어 잘 못하셨죠?"

　느닷없이 웬 국어?

　"뭐, 중상위권 정도?"

　"저도 실은 고1때까지 국어 헤맸거든요. 이건 뭐 어떻게 해도 등급이 안 오르는 거예요. 그런데 이 비법 전수받고 바로 1등급 찍었죠."

　"어떤?"

　"제목 뜯어보기하고 내용 두세 줄로 요약하기 말입니다. 원래 국어의 주제는 제목에 거의 80% 이상 나오거든요. 그 쉬운 걸 간과하고 엉뚱한 우물을 팠으니 헛삽질이었지 말입니다."

　"허얼, 나 다시 수능 봐야겠는걸."

　"그건 반칙이죠."

　"응?"

　"맞지 않습니까? 대표님은 남의 지식까지도 읽어내는데 전후좌우에 앉은 애들 머리 다 읽어내면 공부 하나도 안 하고도 올 1등급 찍을걸요."

"으악, 대표님, 내가 수능 볼게요. 그 스킬 하루만 전수해 줘요."

듣고 있던 덕규가 자지러졌다.

"수능 봐서 뭐 하게?"

"성형의사 되게요. 연예인 전문 성형의가 되어서 주로 가슴 수술을……."

퍽!

어깻죽지 내려치는 소리가 났다. 덕규는 어깨를 싸안고 물러 났다. 눈에는 찔끔 눈물까지 머금고서.

"정정련 쪽에서 회신 왔어?"

강토가 문수를 바라보았다.

"정 간사님이 스위스 국제 연대 참가 중인데 돌아오는 대로 연락 주신답니다. 이메일 보냈더니 상당히 반색하던데요?"

"그래?"

"대표님에 대해서도 나름 레이더를 가동한 모양입니다. 흥분 된다고……."

"흥분까지야……."

"그보다 다른 분이 먼저 찾아올 것 같던데……."

문수가 슬쩍 강토에게 말귀를 흘렸다.

"새 의뢰자?"

"뭐 의뢰자라면 의뢰자겠죠. 뭔가 큰 건이 있으신 눈치던 데……."

"이성표 팀장님이군."

"예. 슬쩍 전화로 염탐하길래 우리 대표님 바쁘다고 연막을 쳐놓기는 했는데……."

"괜찮으니까 오시라고 해. 이 팀장님이라면 한 솥이나 다름없는 분이니."

"하핫, 실은 그래서 제가 제 마음대로……."

문수가 뒷목을 긁으며 웃었다.

이성표 팀장!

석귀동이 의뢰한 또 한 사람, 한순길의 동선에 대해 논의를 마칠 무렵 그가 찾아들었다.

"헤이, 이강토 대표님!"

한 손을 흔들며 들어서는 모습은 활기차 보였다.

"너 제대로 모시고 있는 거지?"

뒤이어 문수를 향해 으름장부터 놓는 이성표.

"걱정 마십시오. 이제 외삼촌이 오라고 해도 안 갑니다."

문수가 맞불을 놓았다.

"룸살롱에서 날마다 양주 쏴도?"

"예!"

"똥꼬치마 늘씬한 아가씨 하루 두 명씩 안겨도?"

"예!"

"짜식, 사람 됐네."

이성표가 흐뭇하게 웃었다. 이미 소식은 들었지만 한 번 더 확인한 이성표. 본인의 다짐을 들으니 안심이 되는 눈치다.

"의뢰 때문에 오셨죠?"

강토가 손을 내밀며 물었다.

"어엇, 이제 내 머리도 들여다보는 건가?"

반갑게 악수를 하며 되묻는 이성표.

"뭐 그러면 좋겠지만 조카 접수한 걸로 만족하겠습니다."

"시간 되지?"

돌연 이성표의 목소리가 진지해졌다.

"들어가시죠."

눈치를 차린 문수가 회의실 문을 열어주었다. 물은 문수가 준비해 주었다. 그런 다음 방해하지 않으려고 자리를 피하는 문수이다.

"쓸 만해?"

물 잔을 잡으며 이성표가 물었다. 그의 시선은 문수가 나간 문을 가리키고 있었다.

"제 밑에 있기는 아깝죠."

"무슨 말을… 내가 보기엔 이 대표 밑이 딱이야. 제 놈이 머리 좋고 재주 좋으면 뭐 해? 어디 가서 술만 입에 대면 개가 되는데. 게다가 이 대표야 아직 뜨지도 않은 해고."

"영영 해가 안 뜨는 날도 있지요."

"겸손 그만 떨고… 나 좀 도와줘. 그럼 내가 초대박 소스 하나 넘겨줄게. 뭐 정 안 되면 이 의뢰를 이 대표가 아예 진행하든지."

"뭔지 일단 말씀이나……."

강토는 등을 소파에 기대며 차분하게 되물었다.

"사람 좀 하나 만나줘."

"사람요?"

"중견기업 사장인데 내 라인이 아니라서 그런지 영 씨가 안 먹히네."

"일단 개요부터……."

"아, 그렇지. 내 정신……."

이성표가 서류 뭉치를 꺼내 들었다. 그리 두툼하지는 않았다.

"레오그룹이라고, 이번에 초대형 프로젝트 때문에 공개입찰을 하게 되었는데……."

"……."

"세형중공업이라고 회장이 점해둔 업체가 있나 봐. 기술력도 마음에 들고 전에도 이미 두세 번 손발을 맞춰본 파트너라고……."

"그럼 결정된 거 아닙니까?"

"그게 아니고… 문제는 세형중공업 말고 마땅한 대안이 없다는 거야."

"……?"

강토가 눈을 동그랗게 떴다. 공개입찰이라면 온비드 등에 올라온 예정 가격을 참고해서 그 이상으로 최고가를 써내면 되는 일. 이제 강토도 그 정도 공부는 끝낸 바였다.

그런데 이성표는 조금 옆길로 새고 있었다.

"회장은 세형중공업이 입찰에 참가하길 바라고 세형 또한 참

가할 의향이 있는데…….'

'그럼 뭐가 문제야?'

"문제는 그쪽에서 회장이 생각하는 것보다 낮은 금액을 책정하고 있다는 거지."

"……."

"그러니까 입찰이 진행되면 세형이 우선 협상자가 될 가능성은 거의 100%인데 여기서 금액 합의가 안 되면 입찰이 무산되고 레오가 야심차게 기획한 새 프로젝트가 꽝이 될 수도 있어."

"아, 그러니까 팀장님 말은?"

"오케이, 금세 감 잡는군. 이번 컨설팅은 입찰이 아니라 예정된 입찰자 숨죽이기라고 할 수 있지."

예정된 입찰자 간 보기.

색다른 일거리가 걸렸다.

"흥미로운데요? 조금 더 설명해 보시죠."

"팩트는 이거야. 레오 쪽 입찰 조건이 까다로워서, 현재로써는 세형중공업 말고는 응찰하기가 곤란하다는 거지. 그렇다면 세형중공업 입장에서 아쉬울 거 있나? 게다가 두어 번 손발을 맞춰봤기에 이쪽 사정에도 능통, 레오 쪽에서는 대안이 필요한 거지."

"그 대안을 맡으셨군요?"

"맞아. 그래서 레오에서 입찰 조건을 손보고 있는 중이지. 기술력이 되는 중소기업 중에 후보가 있는데 단독 응찰은 불가능한 조건이거든. 하지만 방법이 있지."

"컨소시엄이요!"

"오, 이제 이 대표도 선수네, 선수."

이성표가 웃었다.

"뿐만 아니라 외국 기업들도 끌어들일 걸세. 그들이 걱정하는 건 변동환율제에 의한 위험부담인데 그 또한 고정환율제로 수정해 주면 유인 효과를 볼 수 있지."

"좋은 생각인데요?"

"그렇긴 한데 세상 일이 늘 뜻대로 되나? 외국계 기업이야 일종의 호객 행위이니 올 수도 있고 안 올 수도 있고, 문제는 국내에서 먼저 확실한 컨소시엄을 이루어 세형에 압박을 줘야 한다는 거지."

"누군가 말을 안 듣는 사람이 있군요?"

"곽순봉 사장!"

'곽순봉?'

"컨소시엄을 이룰 후보군 중에서 가장 기술력이 뛰어난 기업인데 이 양반이 염장질이네. 이 양반이 움직이지 않으면 컨소시엄은 사실상 힘들거든."

"제가 뭘 하면 되는 거죠?"

"이 양반이 꿍꿍이가 있는 눈치인데 개봉을 안 해. 이 대표 뇌파 분석으로 그 사람이 뭘 바라는 건지 알면 좋지. 그것도 아니면 아킬레스건이라도 하나 잡아내면 그걸 빌미로 부탁할 수도 있고."

"말이 예쁘군요. 부탁이라……."

"그렇다고 협박이라고 할 수는 없잖아?"

"저는 거기까지만 하면 된다는 거죠?"

"그래. 문제는 컨소시엄을 이루고 외국계 기업까지 문호를 넓히면 세형중공업에서도 지금처럼 배짱 튕겨가며 입찰할 생각일랑 꿈도 못 꾼다 이거거든."

"좋은 전략이군요."

"성공 보수는 회장이 머리에 그리는 예상 입찰액의 차액 30%야. 실패하면 그냥 한 장이고."

"차액은 얼마로 예상하시는데요?"

"이게 그래도 980억짜리 프로젝트야. 10%만 따먹어도 98억이니까 30억가량 남는 거지."

"제 몫은요?"

"거기서 차액의 20%. 물론 이 대표가 뽑은 뇌파 자료가 먹힌다는 가정 하에."

"콜 받죠."

"오케이!"

이성표가 반색을 했다. 어차피 이성표와는 믿는 사이. 굳이 뜸을 들이고말고 할 것도 없었다.

"스케줄은 우리 방 실장에게 통보해 주세요."

"방 실장이면 문수?"

"예."

"어이쿠, 우리 문수가 여기 오더니 출세했네. 그건 그렇고……."

이성표가 강토 가까이 고개를 디밀었다.

"아까 말한 초대박 소스 말이야……."

"그런 게 또 있어요?"

"있지. 이건 어쩌면 하늘이 이 대표에게 내린 일일지도 몰라."

"……?"

"귀 좀……."

이성표는 진지했다. 아니, 완전히 굳어 있었다.

뭘까?

베테랑 이성표가 이토록 긴장하는 비즈니스가…….

제2장
소리 없는 저격

"……!"

이야기를 들은 강토는 목을 뒤로 젖힐 정도로 휘청거렸다. 반달전자. 세계적인 기업의 이름이 나왔다. 정말이지 어마어마한 건이다.

"어때? 당기지 않아?"

"이, 이걸 왜 저한테?"

식은땀까지 자동으로 흘러내리는 강토.

"내가 볼 때 그거 맡을 사람은 이 대표밖에 없어. 내가 송 부사장 측근에게 슬쩍 언질을 해놓을 테니까 그 양반 중국에서 돌아오는 대로 찾아가 봐. 국가를 위해서도 이 대표가 나서야 해."

"……"

"알았어?"

"예? 예……."

강토는 얼떨결에 대답해 버리고 말았다.

"간사님!"

호프집에 자리를 잡고 있던 문수가 손을 들었다. 옆에는 강토가 있었다. 둘은 정정련의 수석 간사 정국조를 기다리고 있는 중이었다.

"아이고, 내가 좀 늦었지?"

문수의 손을 잡은 정국조가 강토를 돌아보았다.

"그분?"

"예."

문수가 대답하자 정국조는 강토에게 정중히 인사를 건네왔다. 그사이에 강토는 시크릿 메즈로 정국조의 검증을 끝냈다. 뒤가 더러운 인간은 아니었다. 지나치게 털털하고 일에 미쳐 가정에 소홀하다 이혼을 당한 게 흠일 뿐.

물론 그도 비밀은 있었다.

서숙희.

그의 비밀 서랍에서 엿본 이름이다. 의원의 비리를 알리러 찾아온 지역 사업가로 30대 후반의 미인이었다. 봉길상 의원의 땅 때문이었다. 그의 땅이 도로 일부를 차지하고 있어 진입에 애로가 있는 상황. 그러나 봉길상은 권력을 내세워 협조하지 않았다.

그걸 정국조가 해결해 주었다. 봉길상을 설득해 사유지를 매입할 수 있도록 주선한 것. 축하를 겸해 술을 마시다 둘 다 맛이 가버렸다. 서숙희가 안겨왔다. 그녀의 남편은 췌장암으로 오랜 기간 투병 중. 정국조는 이혼한 지 3년. 참고 있던 생리적 사고가 터진 것이다.

다음 날 둘은 묵묵히 헤어졌다. 그 이후로 다시는 만나지 않았다. 밤은 뜨거웠지만 후회와 자책은 컸다.

강토는 그 기억을 잊어버렸다. 비난하려면 비난할 수 있는 사안이지만 의도된 일은 아니었다. 그 이후로 둘이 서로를 탐닉하는 것도 아니었다.

"정정련 간사를 맡고 있는 허접한 시민운동가 정국조입니다."

털털하게 명함을 내미는 정국조.

"이강토입니다."

강토도 시치미를 떼고서 명함을 교환했다.

〈삐 컨설팅 대표 이강토〉

"으아, 이거 겁나는데요?"

앞에 자리를 잡은 정국조가 엄살을 떨었다.

"왜요?"

문수가 물었다.

"일단은 방 간사 자네, 술버릇 고쳤나?"

"그럼요. 옛날의 방문수가 아닙니다."

"믿어도 돼?"

"당연하죠."

"좋아, 그럼 일단 그 걱정은 덜고… 다음으로 우리 대표님, 방 간사 말대로 뇌파로 상대방을 독심할 수 있는 거 확실해?"

"거의 하죠. 가끔 뇌파가 맞지 않는 분들은 패스."

"겁나네. 내가 지은 죄가 또 좀 많아야 말이지. 그냥 스위스에 눌러 살 걸 그랬나?"

정국조는 소탈했다. 어찌나 소탈한지 어깨에 비듬까지 허옇게 보였지만 그 또한 별로 흠이 되지 않을 정도였다.

"아무튼 옛날 프로젝트 부활시켜 보자고 한 거 맞나?"

정국조가 문수를 바라보았다.

"예, 간사님이 꼭 하고 싶다고 하신 사업 아니었습니까?"

"그거야 지금도 변함이 없지. 다만……."

그때 생맥주가 나왔다. 안주는 평범하게 치킨이었다.

"일단 만나서 반갑습니다. 대충 알아봤더니 연배에 비해 굉장하시더라고요."

"별말씀을……."

강토는 겸손하게 인사를 받았다.

"나 솔직히 단도직입적으로 궁금한 거 있습니다."

"말씀하세요."

"청와대 수석보좌관 인선 검증 작업에 참가하셨다죠?"

"예."

"후문으로 들으니 이영준이라는 놈도 포함되었다고 하더군요. 맞습니까?"

"예."

"대표님께서 직접 검증하셨나요?"

"예."

"그 인간 어땠습니까? 다른 건 몰라도 그건 궁금합니다."

정국조의 시선이 강토에게 꽂혀왔다.

"개인감정이 있으신가요?"

"죄송하지만 대표님에 대한 일종의 점검이기도 합니다. 다른 건 몰라도 그 인간은 제가 좀 알거든요. 수석이 되면 문제 제기를 하려던 참인데 떨어졌다기에……"

점검이란다.

털털해 보여도 틈은 없는 사람이었다. 기왕의 일을 가지고 강토를 엿보려는 것이다.

"진짜 청백리였죠!"

"젠장!"

텅!

정국조가 들고 있던 호프 잔을 거칠게 놓고 일어섰다.

"간사님!"

문수가 놀라 따라 일어섰다.

"미안. 자네 술버릇 고쳤다길래 기대하고 왔는데 갑자기 내가 술맛이 떨어지는군. 내가 아는 사실과 달라서 말이야."

정국조는 상의와 가방을 집어 들었다.

"뒷말은 아직 남았습니다만."

천천히 호프 한 모금을 머금은 강토가 묵직하게 대꾸했다.

"아, 예. 제가 좀 바빠서요."

정국조는 이미 마음이 떠난 모양이었다. 하지만 그는 몇 걸음 가지 못하고 멈추게 되었다. 이어진 강토의 말 때문이다.

"무늬만 청백리!"

정국조가 고개를 돌렸다. 살짝 구겨진 그의 미간 사이로 강토의 다음 말이 달려들었다.

"이익 단체와 결탁해 아파트를 받고, 직무를 이용해 주식 거래로 떼돈을 벌고 해외 성 접대도 받아 처먹은 인간."

"……."

"먼 과거로 올라가면 젊은 날 행정고시에 합격하고 초임 간부 시절 차량 뺑소니……."

"……?"

"여직원들 사물함을 뒤져 팬티스타킹의 냄새를 맡은 적도 있다는 것까지 말해드리면 다시 이 자리에 앉겠습니까?"

강토의 시선은 여전히 호프 잔에 있었다. 하지만 목소리와 척추의 반듯한 선은 아까의 강토가 아니었다. 저음이면서도 묵직한 목소리에 꼿꼿하게 버티고 선 척추의 틀. 그건 흡사 거인의 풍모처럼 보이고 있었다.

"야, 방 간사!"

정국조가 그 자리에 선 채 소리쳤다.

"뭐하냐? 나 호프 한 잔 더 시켜라!"

정국조가 자리에 앉더니 호프 두 잔을 거푸 원샷으로 마셔댔다. 강토는 그저 몇 모금 마시며 그의 흥분이 가라앉기를 기다렸다. 다시 앉았으니 걱정할 일은 없었다.

"미치겠네. 진짜 그걸 알아낸 겁니까? 그 자식이 직무를 이용해 주식 거래로 떼돈 번 거, 그거 정말 이 대표님 뇌파로 읽어낸 거란 말이죠?"

묻는 정국조의 목소리에는 흥분이 가득했다.

"예!"

"으아, 이거야 원!"

주먹으로 테이블을 두드리고 머리까지 쥐어뜯는 정국조. 그 머리에서 또 비듬이 허옇게 휘날렸다.

"야, 방 간사!"

"저 이제 간사 아닙니다. 삐 컨설팅 대표 실장이죠."

"지랄 떨지 말고, 너 목숨 걸고 보증할 수 있어?"

"우리 대표님, 장난 아니거든요."

"그러니까 새꺄, 보증할 수 있냐고?"

"당연하죠."

"만약 수틀리면 내 손에 죽는다?"

"당연하죠."

"호프 한 잔 더!"

정국조가 빈 잔을 내밀었다.

왈칼발칵!

이번에는 반 정도만 마시고 잔을 내려놓는 정국조. 그도 목소리가 변해 있었다.

"이거 갑자기 피가 확 끓네."

"비리 부패 국회의원 공개 검증… 다시 할 생각 없으십니까?"

강토가 물었다. 흔들림조차 없는 잔잔한 음성이었다.

"이번에는 이 대표님께 묻죠. 그 목숨, 내놓을 각오 있습니까?"

"당신은요?"

강토가 되물었다. 잔뜩 심각해져 있는 정국조의 미간이 다시 살포시 구겨졌다.

"무슨 뜻이죠?"

"지난번에는 왜 목숨을 걸지 못했나요?"

"……?"

"정 간사님 뇌파는 분석하지 않을 겁니다. 그런 거 있잖습니까? 계약관계로 뭉치는 거보다 마음으로 뭉치는 거, 그걸 원하거든요."

"당신……."

"GBS 쪽에 타진하고 왔습니다. 확실하게 가닥을 잡아주면 취재기자들 투입해서 정규 뉴스 시간에 시리즈물로 소개하겠다는군요. 그러니 이번에는 그 목숨, 저한테 좀 맡겨줄 수 있겠습니까?"

강토의 눈빛이 날을 세웠다. 당신을 돕지만 주군은 나야. 강토의 눈은 그렇게 말하고 있었다.

"후우!"

"물론 정 간사님이 몸을 사려도 나는 갑니다. 다른 시민단체 어딘가에 저를 도울 사람이 하나쯤은 있겠죠. 권력 감시 시민 단체가 정정련 하나뿐인 것은 아니니."

강토는 또 한 번 진화하고 있었다. 이성표와 기왕에 논한 입찰을 여기에 응용한 것이다. 자신의 능력을 선보인 강토.

―당신이 유일한 협찬자!

이 말을 희석시킨 것이다.

―당신이 아니어도 이 일을 할 사람은 있어.

그 뉘앙스는 천지차이였다.

"하죠!"

텅!

마침내 정국조는 빈 잔으로 테이블을 찍으며 강토의 제의를 받아들였다.

그는 바로 가방을 열었다. USB를 꽂더니 화면을 열었다. 패스워드가 두 번이나 걸린 파일이 그 모습을 보였다.

"......!"

강토의 눈가에 힘이 빡 들어갔다. 국회의원들의 비리부패도를 분석한 자료였다. 비리 제보나 의심 등의 자료를 바탕으로 만들어진 자료는 일목요연해 한눈에 이해가 되었다.

"일단 여기 상위권에 포진된 열 명만 간봐도 국회가 정신이 번쩍 들 겁니다."

정국조가 웃었다.

"으아, 나도 못 본 게 다 있었군요?"

문수도 놀라는 표정이 역력했다.

"자네와 작업한 건 이 자료의 일부였어. 그 후로도 개별적으로 계속 리뉴얼된 자료들이고."

"1차 상위 열 명, 괜찮군요."

강토도 공감을 표했다.

"방송 쪽은 어떻게 할 겁니까?"

"일단 비공개로 열 명부터 체크하죠. 발표를 하고 시작하면 온갖 실드를 칠 테니까요."

강토가 말했다.

"그렇긴 합니다만 그건 시민단체의 성격과 배치되는 부분입니다. 공개 검증이 아니면 우리가 역 비난을 받을 우려가 있거든요."

"그럼 절반으로 가죠. 어느 정도 진행된 후에 천명을 하시면……."

"뭐 그거라면 수습할 만합니다만."

"열 명은 지금 이 자리에서 결정합니다. 여기 최상위의 열 명 그대로 무작위 싹쓸이!"

"……."

"검증도 특별한 일 없으면 비리 의심 1순위부터 가겠습니다."

강토가 기준을 세웠다. 이것저것 가리다 보면 뒤죽박죽이 될 일.

"콜입니다."

정국조도 이의를 제기하지 않았다.

"이야, 이거 살 떨리는데요? 포츠담회담이나 얄타회담 같은 곳의 분위기가 이랬을까요? 짜릿, 쫄깃."

긴장한 문수가 손가락 관절을 우두둑 꺾어댔다.

"간사님은 공동대표님과 함께 GBS 채 국장님과의 미팅 약속을 잡아주시기 바랍니다. 저는 그사이에 한두 명 정도 검증에 착수하겠습니다. 미팅 자리의 극적 효과를 높이기 위해서요."

강토가 정리에 들어갔다. 공동대표와 채 국장이 함께하는 회동은 필수적이었다. 나머지 소소한 절차나 방법 등에 대해 이야기하는 사이 밤이 깊어버렸다. 정말이지 시간 가는 것도 모르는 자리였다.

마지막 잔을 비우기 전, 강토가 슬쩍 질문 하나를 던졌다.

"장철환 씨 아시죠?"

"청와대 수석 비서관 아닙니까? 이 여사님 아들."

"그분은 혹시 비리 접수된 거 없습니까?"

"왜 없습니까? 아마 우리 정정련에 비리 접수되지 않은 의원은 한 명도 없을 겁니다."

"……?"

"아, 긴장할 거 없어요. 상당수는 정적의 투서형인데 장철환은 그런 쪽입니다. 우리 쪽 평가는 A입니다."

"괜찮다는 겁니까?"

"그만하면 뭐… 아직까지는. 그런데 왜요? 잘못된 거 있습니까?"

"아닙니다. 정정련 쪽의 평가는 어떤가 싶어서……."

"그분 어머니가 이혜선 여사 아닙니까? 반은 먹고 들어가죠. 그 양반이 좀 야심이 있으면 여당 대표주자로 괜찮을 분인데……."

"……."

"아무튼 오늘 삘 받는 자리였습니다. 모처럼 마음에 맞는 분 만났네요."

정국조는 가뜬한 표정으로 자리를 떠났다.

'장철환…….'

사람 보는 눈은 크게 다르지 않았다. 장철환은 이쪽에서도 괜찮은 이미지로 통하고 있었다.

"우리 정 간사님 신났네."

멀어지는 정국조를 보며 문수가 말했다.

"방 실장은?"

"저도 뭐 흥분되죠."

"어쩌면 우리 셋 다 빵에 갈지도 몰라."

"가죠. 이런 일로 다녀오면 나중에 야당 같은 데서 비례대표 한자리 줄지도 모르잖아요?"

"비례대표?"

"아니면 지역구 공천이든지."

"정치하고 싶어?"

"절대 아닙니다. 저들의 파렴치한 작태를 꼬집는 거죠."

"그런데 그거 알아? 저 위에만 썩은 건 아니라는 거."

"예?"

"밑에도 구정물 많아. 알바생들을 전문적으로 등쳐먹는 일부 사장들, 영세상인 등쳐먹는 인간들, 가난하고 물정 모르는 사람을 벗겨먹는 인간들……."

"하긴 어딘들 없겠어요."

"괜찮아?"

"저요? 당연히 괜찮죠. 2차 갈까요?"

문수가 웃었다.

"됐어. 할 일이 쌓였잖아. 그 열 명 명단이나 줘봐."

"강혁*, 권용*, 김현*, 남기*, 배상*, 이진*, 정대*, 최지*, 최태*, 한순길!"

문수는 명단을 그새 줄줄 읊어댔다.

한순길!

그 이름이 먼저 다가왔다.

"벌써 외운 거야?"

"이런 일은 머릿속에 넣는 게 최고거든요."

"그나저나 한순길 포함이네?"

"그러게요. 석귀동 의원 오더와 교집합인데요?"

"동선하고 스케줄 체크 좀 부탁해. 내일부터 시간 나는 대로 짬짬이 움직이자고."

"어느 걸 우선순위로 할까요? 우리 컨설팅 사업과 권력 감시……."

"방 실장 생각은?"

"본업이 우선이겠죠. 본업 발판이 확고해야 사회적인 명망도 받을 테고… 우리 컨설팅의 브랜드를 확고하게 갖춰야 방패가 될 수 있습니다."

"여론의 신뢰?"

"여론보다는 시민이 좋습니다. 여론은 얼마든지 조작이 가능하니까요."

정확한 진단이었다. 술 마시면 개진상이 되던 방문수. 이제는 알코올도 그의 긍정적인 에너지가 되는 모양이다.

"아, 그건 그렇고, 방 실장, 영어 잘한다고 했지?"

"뭐, 대충 하지요. 그런데 왜요?"

"웅? 그냥……."

강토는 적당히 얼버무리고 말았다. 이성표가 말한 초대박 건, 아직은 결정된 일이 아니었다.

*　　　　*　　　　*

"회의!"

다음 날 강토가 사무실 책상에서 일어섰다. 새벽같이 출근한 강토이다. 일이 좋았다. 할 일도 많았다. 문수와 세경은 나중에 함께 도착했다.

"예, 곧 갑니다!"

창가 베란다에서 전화를 받던 문수가 놀라 소리쳤다.

"이건가 봐요."

덕규가 다가와 새끼손가락을 펴 보였다. 여자라는 의미이다.

"그런데 좀 안 좋은가 봐요."

뒷말은 썩 개운치 않았다.

"파악된 거 있어?"

회의실에 자리를 잡자 강토가 문수를 바라보았다. 세경은 차만 내려놓고 나갔다.

"의뢰 중에서 간추린 겁니다. 우선순위를 정해주시면 계약하겠습니다."

문수가 서류를 내밀었다. 두어 건 되려는가 했더니 많았다.

—산업스파이 건.

—재벌 형제 간 이면 약속 불이행 건.

—프로선수단 감독 경질과 관련한 승부 조작 진실 파악 건.

—글로벌 기업 투자 유치 의중 파악 건.

얼핏 봐도 굵직한 것만 십여 건이 넘었다.

"그리고 정정련 건입니다."

뒤를 이어 다른 서류가 꼬리를 물었다.

"지시에 맞춰 뽑은 동선과 스케줄표입니다."

"한순길 의원?"

"왜 아니겠습니까? 이분, 10시 반 비행기로 입국합니다. 폼 나게 공항 영접 한번 나가시는 게?"

"인천공항요?"

덕규가 물었다.

"공항이면 왜?"

응수하는 강토.

"나도 따라가려고 그러죠."

"부실장은 따로 할 일 있어."

문수가 서류를 넘겨주었다.

"엑? 이걸 다 확인하라고요?"

서류 뭉치에 놀란 덕규가 토끼눈을 했다.

"빨리 끝나면 이것까지 확인해. 동선으로 봐서 특별한 일 없으면 35분 정도 남을 거야. 중간의 두 명은 식사 시간이 긴 사람들이니까 식당 들어갈 때 확인하고."

문수는 서류 몇 장을 더 올려놓았다. 덕규는 입만 벌린 채한마디도 대꾸하지 못했다.

"가시죠."

문수가 문을 가리켰다. 밖으로 나온 강토가 조수석에 올랐다. 차가 출발했다.

"기분 흐리네?"

안전띠를 매던 강토가 혼잣말처럼 중얼거렸다.

"저요?"

"그럼 여기 누가 또 있어?"

"죄송합니다."

문수가 시동을 걸었다. 오늘따라 시동도 한 번에 걸리지 않았다.

"밀당 중?"

"뭐 그건 아니고요."

문수의 미소는 한쪽 면이 썩어 있었다. 여자관계가 파국에 이를 때 억지로 나오는 미소였다.

"말하기 곤란하면 안 해도 돼. 그냥 좀 안되어 보여서……."

"만나는 여자가 있는데 끝내려고요."

"그래?"

강토는 낮은 소리로 관심만 표명했다. 인천공항까지는 멀었다. 춘향전 이야기가 나온대도 두 번은 들을 수 있는 타이밍이었다.

"얘가 뭐든지 심드렁하네요. 그러다가 또 느닷없이 잘해주기도 하고. 술 문제가 있을 때 섹스도 망친 적이 많아서 이제 좀 잘해줄까 했더니 대놓고 염장이나 지르고……."

"……."

"대표님이 부럽습니다. 제가 대표님이라면 딱 뇌파 까봐서 왜 그러는지 잡아낼 텐데……."

"까봐 줘?"

"예? 아, 아니요."

"고민되면 말해. 방 실장이랑 사귄 여자라면 뇌파 분석 가능할 거야. 길게 걸리지도 않을 거고."

"……."

"그래도 그때가 좋은 거 아니야? 다 끝난 것 같지만 그래도 무엇인가 가슴에 남는 것, 그게 사랑이다."

"하핫, 틀린 거 아시죠? 다 끝난 것 같지만… 인생이다죠."

"나도 알아. 여기다 한번 맞춰본 거지."

"죄송합니다."

"사진은 언제 또 이렇게 많이 모았어?"

봉투를 연 강토가 물었다. 한순길의 사진이다. 자그마치 20여 장이었다.

"초선 때부터 여기저기 자료 뒤져서 프린트했죠, 뭐. 어떻게 변해가나 보는 것도 재미가 쏠쏠하더라고요."

"결론은?"

"정정련에서 넘겨준 기본 자료는 그 아래 있습니다. 그쪽도 대표님 능력을 보려는지 디테일하게 보내오지는 않았습니다."

"잘된 거야. 나중에 누릴 극적 효과도 남겨둬야지."

"한 의원… 얼굴 보세요. 정치 생활이 깊어지면서 순수한 눈빛이 사라졌어요."

"관상도 배웠어?"

"그냥 감입니다. 필링."

"좋지. 가끔은 필링도 잘 맞을 때가 있으니까."

"부탁하신 청와대 서별관 회의는 김영삼 정부 때인 1997년부터 시작된 것으로 정책 조정이라지만 사실은 결정 쪽이더군요. 뜨거운 현안이 생기면 거기서 머리를 맞대는 모양인데 논리보다는 파워 게임으로 보는 시각이 우세합니다."

"그래?"

"이명박 정부에서 정례화되었고 이후 도시락 회의로도 불리고 있는데 전문가들 쪽에서는 '밀실행정'이라며 폐지를 외치고도 있는 실정입니다."

"그렇군."

청와대 서별관 회의.

석귀동의 오더로 알게 되었다.

"제 생각에는 한마디로 옥상옥이죠, 뭐."

옥상옥!

강토도 공감이다. 위원회 위의 위원회, 그 위의 위원회, 결국 그게 서별관 회의까지 이어진 것이다.

디방디방디바바!

그때 문수의 전화가 울렸다. 번호를 본 문수는 받지 않았다. 여자인 모양이다. 강토는 참견하지 않았다. 저만치 인천공항이 눈에 들어오기 시작했다. 비행기도 보였다.

"이쪽입니다."

공항에서 문수가 가리킨 곳은 입국장이 아니었다.

"의원이잖습니까? 귀빈들이 나오는 곳은 따로 있습니다."

"하아!"

감탄이 나왔다. 사소하지만 잊기 쉬운 것. 문수는 그것까지도 놓치지 않고 있었다.

"비행기는 20분 연착할 겁니다. 미국 쪽 공항에 체크했더니 스케줄보다 20분 늦게 이륙했다고 하더라고요."

"……!"

이제는 아찔하기까지 했다. 강토의 머리에 매직 뉴런이 있다면 문수의 머릿속에는 '스마트 뉴런'이라도 든 게 분명했다.

"죄송하지만 대표님!"

커피를 마시던 중에 문수가 입을 열었다.

"말해."

"죄송하지만 혹시 뇌파가 맞으면… 이런 순서로 확인에 들어 가시면……."

조심스럽게 의견 메모를 건네는 문수.

〈패밀리〉

그 아래에는 몇몇 의원 이름이 보였다. 문수가 파악한 라인 인 모양이다.

강토는 패밀리라는 단어를 바라보았다. 정치의 패밀리라면 라인, 즉 확장된 계파였다. 석귀동이 던진 오더의 하나.

정치 셈법.

강토도 숙지하고 있는 일이었다.

석귀동, 그는 두 가지를 주문했다.

―청와대 서별관 회의와 라인 파악!

그것은 곧 상대의 우군이 누구인지를 가려 선긋기를 하려는 것이다. 참으로 졸렬하고 위험한 발상이 아닐 수 없었다.

"고려하고 있었어."

강토가 웃어 보였다. 문수는 메모를 발기발기 찢어 쓰레기통 에 넣었다. 둘은 통한 것이다. 마지막 한 모금을 빨 때쯤 문수가 의자에서 일어섰다. 기자들과 사람들이 지나가는 게 보였다.

"한 의원 보좌관입니다. 옆에 계파 국회의원도 있군요. 한 의 원이 도착한 모양입니다."

"그럼 우리도 출동?"

"다이렉트로 부딪칠 겁니까?"

"그럼 좀 그렇지?"

"……"

"가서 꽃 한 다발 사와. 첫 장승곡이 될 텐데 그럴싸하게 의식은 갖춰줘야지. 남 보기에도 뽀대 나고."

"굿 아이디어입니다."

결국 강토 손에 꽃다발 하나가 들렸다. 한순길은 막 출구를 걸어 나오고 있었다.

'출격!'

강토가 성큼 걸음을 뗴었다.

중진의 또 다른 말은 무엇일까?

실세? 아니면 명부 관리자?

아까는 썰렁하던 귀빈 입국실 앞에 꽤 많은 사람이 포진해 있다. 흡사 교통 정체를 보는 것 같았다. 분명 10분 전만 해도 멀쩡하던 도로. 그러나 내 차가 도착하면 어디서 이렇게들 몰려들었나 싶을 정도로 많아지는 차량.

여자도 있고 남자도 있었다. 계파의원도 있고 시의원, 구의원도 있었다. 여성 당원 지지자도 많았다.

'과시……'

강토는 생각했다. 중진 의원이다. 나름 파워와 세력도 가지고 있다. 그런 그가 외국에서 돌아오는 길. 당연히 동원(?)이라도 하는 게 맞았다. 그러니까 일부는 동원이오, 일부는 눈도장

파일 터였다.

짝짝짝!

박수는 빠지지 않았다.

'뭐 한 게 있다고.'

강토는 이미 맛보기 시크릿 메즈를 작렬하고 있었다. 해마에서 그의 최근 기억을 쓸어 담은 것이다. 미국에서 한 일. 미국 상원의원 둘을 만났다. 그들과 식사 한 번 하고 골프도 쳤다. 그렇다면 대단한 외교?

왜냐면 사실 한국에서 폼 잡아봤자 미국 의원들과 미팅 한 번 하기 어려운 게 현실이다. 국내에서 목에 힘줘봤자 미국에서는 쳐다보지도 않기 때문이다. 지금은 조금 나아졌지만 과거에는 한국 대통령이 방미를 해도 신문 귀퉁이에 겨우 나올 정도였다.

크게 변한 건 없었다. 한순길은 상원의원을 만났다. 구걸(?)을 해서 만났다. 인증 사진이 필요했기 때문이다. 식사비도 한순길이 냈고 골프 역시 그들이 라운딩하는 길에 끼어들어 인사만 나누었을 뿐이다. 그러나 그건 미국 상원의원의 입장이다.

한순길의 입장에서는 대담이고 친선 라운딩이었다. 화기애애하게 식사를 하며 국정을 논의하고 양국을 대표(?)하는 의원으로서 친분을 과시한 것.

포장을 하면 그렇게 변하는 것이다.

'구라의 달인이군.'

진심이다. 정치꾼들은 왜 이러는 것일까? 위로부터 아래까지 싹쓸이 닮은꼴이었다. 포장하기 좋아하고, 말장난을 좋아하고,

유난히 의미 붙이기 좋아하고, 분석하기를 즐기시는 부류.

'다른 건?'

단기 기억을 차곡차곡 들춰보았다.

만났다.

사람들을 많이 만났다. 열심히 논의하고 머리를 맞대 고민했다. 다만 문제는 그들이 한국에서 달려온 사람들이라는 것. 차기 시의원, 구의원 후보들과 한순길이 속한 국회 상임위에 관련되는 기업들의 수장이라는 것. 한순길에게 선을 대려는 인사들과 먼 그곳에서의 안전(?)한 만남이었다는 것.

몸을 푼 강토의 매직 뉴런들은 비로소 핵심어를 향해 다가섰다.

〈청와대 서별관 회의〉

기억이 나왔다. 그는 그 자리에 있었다. 하지만 청와대 서별관 회의는 한두 번 일어나는 일이 아니었다. 아쉽게도 한순길이 참석한 회의는 다른 안건이었다.

하지만 '그 건'으로 은재구와 만난 기억이 있었다.

"손경석 국장 놈이 일을 망칠 뻔했어."

한순길의 기억 속에서 은재구는 격앙되어 있었다.

"TMM을 해외 매각하자는 안을 내놓더군. 그놈이 미쳤지."

은재구는 계속 소리를 높였다.

"한 의원이 그놈 부처 소관이잖아? 장관에게 압력 넣어서 날려 버려. 그냥 두었다가는 큰일 내겠어."

"그놈만 날리면 TMM은 구제되는 건가?"

"아니면? 거기서 쏟아지는 실업자하고 지역 경제를 어쩌려고?"

"김 회장이 이제는 발 뻗고 주무시겠군."

한순길의 미소에서 기억을 접었다. 비서관이 다른 소식을 알려오면서 둘의 밀실 회담이 끝난 까닭이다. 그래도 힌트 정도는 건졌다.

'은재구⋯⋯.'

이래저래 만남의 기대감이 커가는 은재구였다.

"안녕하세요?"

숨을 고른 강토가 아재 당원을 밀어내며 한순길에게 다가섰다. 지인들과 희희낙락하던 한순길이 마지못해 돌아보았다. 강토가 구두코를 살짝 밟은 까닭이다.

"입국을 축하드립니다!"

강토가 꽃다발을 내밀었다.

"어? 그래, 그래⋯⋯."

한순길이 건성으로 꽃을 받아 들었다. 그의 얼굴을 똑바로 바라보는 강토. 하지만 한순길은 강토 따위에게는 관심이 없다는 표정이다. 이내 강토를 지나쳐 중년의 여자와 반갑게 미국식 포옹을 했다.

펑펑펑!

이번에는 기자회견이었다. 기자 넷이 질문을 쏟아냈다.

"미국 상원의원을 만나셨다면서요? 성과는 뭡니까?"

"정부 측의 오더를 가지고 만나신 겁니까?"

"앞으로 국제의원연맹 주축이 되시는 거 아닙니까?"

답변은 유려하게 나왔다. 역시 달변가였다.

"저는 정치인들을 볼 때마다 셰익스피어의 맥베스가 생각납니다."

문수가 피식 썩소를 머금었다.

"인생은 백치가 지껄이는 이야기와 같은 것. 소음과 광기로 가득하지만 아무런 의미도 없는, 정치인의 말이란 희망과 미래의 꽃밭 같지만 그 안을 파보면 썩은 냄새가 진동하는 것?"

강토도 아는 명언. 대충 한번 읊어주었다.

"어, 딱 내 마음인데요?"

"고전은 나도 좀 읽었거든. 보통 국민이라면 생각 비슷할 테고."

강토는 결국 알맹이 없는 오바이트를 터뜨리고 말았다. 참으려고 했지만 더는 봐줄 수 없는 한글 모욕의 생쇼였다. 침소봉대도 분수가 있지.

이제 그만해. 눈 뜨고 못 보겠잖아.

강토의 매직 뉴런들이 그 의지를 받들었다. 한순길의 개기름 번득이는 얼굴, 그 안에 자리한 뇌를 슬쩍 손봐준 것이다.

"윽!"

한순길이 이마를 짚으며 휘청거렸다.

제3장
여자는 자존심에 죽는다

"의원님!"

보좌관들이 호들갑을 떨었다.

"119구급대 불러드릴까요?"

강토가 슬쩍 과잉 친절을 베풀었다.

"공항 의료진 불러, 공항 의료진!"

보좌관이 소리쳤다. 사람은 당황하면 본심이 나온다. 보좌관 목소리에도 얹혀 있는 의원의 오만과 기세. 하늘을 나는 비행기까지 닿을 것 같았다.

'저놈까지 손봐버려?'

싶은 걸 참았다. 개시부터 무리하고 싶지는 않았다. 따라서 매직 뉴런들의 활동을 중지시켰다. 한순길은 머리를 저으며 회복되었다.

"의원님이 과로하셨습니다! 길 좀 터주세요!"

보좌관 둘이 한순길을 부축하며 소리쳤다. 소리를 따라 한순길의 비리가 주르륵 줄을 서고 있다. 수년 전 그는 한 부처의 장관이었다. 지인 끈을 타고 온 사업가에게 편의를 봐주었다. 골프 세트 두 개를 선물로 받았다. 아이언이 아니고 순금이었다. 다른 가방에는 5만 원 권 현금 다발이었다. 아내와 함께 그 돈을 세었다.

"에계!"

그의 아내 말이 몹시 인상적이었다.

"꼴랑 돈 20억이네. 이걸 누구 코에 붙이려고……."

돈다발 셈을 끝낸 아내가 콧방귀를 뀌었다. 그러고 보니 성형 코였다. 저 코에 얼마나 처발랐으려나.

"그래도 원산 놈들보다는 성의가 있잖아? 그때는 얼마였지?"

"5억요."

"다들 배포가 그따위니 글로벌 기업 못 되는 거야."

"그냥 돌려줘 볼까요? 쓸 만한 회사 하나 거저 안겨주는 건데도 겨우 이따위니……."

"그냥 챙겨둬. 나중에 또 쓸모가 있는 친구니까."

"그래도 그렇지, 사람이 기본이 있어야죠?"

"다 덕 쌓는 거라고 생각해요."

덕이란다.

웃음을 참느라 아랫입술을 깨무는 강토. 정말이지 개그가 따로 없었다.

"선물도 없잖아? 그래도 원산은 내 다이아 목걸이라도 끼웠는데……."

"이번에 동창들하고 파리 나간다며? 거기 수행하라고 할 테니까 가는 길에 슬쩍 옆구리 찔러봐. 제 놈들이 어쩔 거야?"

"알았어요. 이것들이 뒤를 봐주면 고마운 줄을 몰라."

점입가경.

강토가 결국 뇌간을 눌러 버린 시점이다. 부창부수의 조화를 더는 봐줄 수 없었다.

"아유, 이놈의 정부는 뭐 하나 몰라? 우리도 미국처럼 10만 원 권 만들면 좋잖아? 이건 다발 수만 많지 몇 푼 되지도 않는게……."

금고를 연 아내가 툴툴거렸다. 지하실이다. 가정집 장롱만 한 금고에는 현금이 가득했다.

"하나 더 맞춰와. 그것처럼 금고로 안 보이는 걸로."

"알았어요. 이놈의 공직자 재산등록법을 빨리 폐지하든지 해야지 내 돈 관리하는 데도 남의 눈치를 봐야 하니……."

아내가 돈을 차곡차곡 쌓으며 공간을 만들기 시작했다. 기억은 거기서 끊었다. 조금 더 진행하다가는 한순길의 전두엽을 눌러 버릴지도 몰랐다. 그러면 치매가 될 수 있었다. 후두엽을 누를 수도 있었다. 그러면 눈 뜬 장님 꼴.

'후우…….'

감정을 다스리며 참았다. 징치를 하더라도 그렇게 할 수는 없었다. 크게 먹은 놈은 크게 망한다고 온 국민 앞에 공개적인 불명예를 안겨야 했다.

이제 그 길은 많았다.

강토는 시크릿 메즈를 끝냈다. 그사이에 한순길 무리는 시야에서 사라지고 없었다.

"왜?"

돌아보니 문수의 시선이 강토에게 꽂혀 있다. '그냥 보내요?' 하는 눈빛이다.

―조금 미루는 거지!

강토는 그런 의미로 웃어주었다.

"대표님!"

마음이 놓이지 않는지 문수가 확인 체크를 해왔다.

"끝났어."

"뇌파가 안 맞은 겁니까?"

"아니, 너무 잘 맞았지."

"……?"

"그래도 양심적이네. 구라만 늘어놓다가 양심에 찔리니까 발병 나는 거 봐. 십 리도 못 가서 발병 난다."

강토는 뒷말에 곡조까지 붙여주었다.

"정도는요?"

"상! 뇌물 받아서 은행 차리셨어."

"그 정도입니까?"

"나머지는 받아 적어!"

"예!"

말귀를 알아먹은 문수가 강토를 바라보았다.

"적으라니까. 똘만이 계보야."

"여기다 적으면 됩니다."

문수가 제 머리를 가리키며 웃었다. 강토는 아차 싶었다. 이 인간이라면 회사의 정관을 99조 99항까지 불러줘도 기억할 머리를 가졌다.

"당 상임고문 최응순, 3선 원내 부대표 진홍섭, 2선 당무위원 김수한, 초선 혁신파 대표 노재찬, 동멤버 한중균, 김낙재, 소민호… 현역 서울시 구청장 이대영, 송우길, 원외 위원장……."

"끝입니까?"

강토가 숨을 고르자 문수가 물어왔다.

"다 자르고 앞 세 명하고 초선파까지만 의뢰 보고서에 줄 세워."

"알겠습니다."

10여 명 넘게 줄줄이 이어진 한순길 라인. 마지막으로 입술에 남겨둔 은재구는 그냥 삼켜 버렸다.

〈한순길과 은재구〉

그들 또한 장철환, 석귀동의 관계와 비슷했다. 손을 잡았으나 친구는 아닌 상황. 정치 셈법의 일부를 들여다본 강토는 영 밥맛이 꽝이다.

"딸랑대는 인간들 엄청나네. 뇌파가 오염된 거 같아 기분 더러운데?"

"제가 기분 전환해 드릴까요? 미인들로."

문수가 시계를 보았다.

"됐어. 저도 밀당 제대로 못하는 주제에……."

"그게 아니고… 이거 좀 보시죠."

차로 돌아온 문수가 다른 서류 한 장을 내밀었다.

"사랑과 진실 게임?"

서류를 본 강토가 고개를 들었다.

"땡기죠?"

"이것도 의뢰 상담 들어온 거야?"

"예, 그런데 대표님 일정이 어떻게 될지도 모르는데다 좀 엉뚱한 제의라서 보고 안 드렸는데……."

"한순길 쪽이 일찍 마무리되어서 시간도 맞는다?"

"그게……."

문수가 설명을 시작했다. 좀이 아니라 많이 엉뚱한 의뢰였다.

사랑과 진실 게임!

법에 기대기 곤란한 사안이었다. 그렇다고 상대방의 말을 곧이곧대로 믿기 어려운 상황도 많았다. 이 엉뚱한 의뢰가 바로 그랬다. 유수한 집안에 명문 약대와 외국 유학을 다녀온 대기업 여자 대리, 거기에 골드 미스 중에서도 다이아급에 속하는 전문의 노처녀까지 다섯의 쟁쟁한 여자들이 컨소시엄을 이룬 의뢰가 들어왔단다. 사안은 쓸 만한 한 남자가 다섯 여자를 농락하고 다닌 것. 그러다 다섯 여자가 그 사실을 알게 되었다.

그들 중 하나가 강토를 떠올리게 되었다. 물론 문수는 일언지하에 의뢰를 거절했다. 사랑은 각자의 몫이라고 생각한 것이다.

"그런데 왜?"

설명을 듣고 있던 강토가 물었다.

"다섯 여자의 대표가 그래요. 그들이 원하는 건 그 남자가 아니라 진실이라고."

"진실?"

"그러니까 그 남자를 차지하기 위한 게 아니고 자기들 중에 누가 더 쓸 만한 여자인지 가리고 싶다는 거예요."

"그 남자가 진짜 좋아하는 여자가 누구냐를 가려 남자를 차지하는 게 아니고 남자와 상관없이 여자들끼리 자존심 싸움이 붙었다?"

"바로 그거죠. 자기들은 이제 남자에게는 별 관심이 없대요. 그러니 순위만 가려달라는 거죠. 비용 부담도 꼴찌가 내기로 다 합의가 되었다고."

"재미난 의뢰네."

진심이다.

"생각 있으시면 지금 달리면 됩니다. 오늘 담판을 짓는 자리가 있다고 했거든요."

"시간 맞아?"

"뭐 조금 무리하면. 그리고 그쪽에 조금 양해를 구하면 되죠."

"외뢰비는?"

"1,000만 원까지는 맞출 수 있답니다. 좀 작죠?"

"아니, 기분 전환 삼아서 가보자고. 나도 요즘 남자지만 요즘 여자들이 어떤 본성을 가지고 있는지 궁금하거든. 게다가 나름 잘나가는 여자들이라고?"

"그럼 제가 계약 추진한다고 계약금부터 입금하라고 통보하겠습니다."

문수가 전화를 꺼내 들었다.

"여보세요. 여기 삐 컨설팅 방 실장인데요."

문수의 통화를 들으며 강토는 또 한 번 썩소를 머금었다. 상식과는 완전 반대되는 상황의 의뢰. 원래 이런 경우라면 진짜를 가려 승자가 되고 나머지는 포기를 선언해야 한다. 그런데 그게 아니고 내기를 한단다.

여자들의 자존심 싸움!

급 궁금해졌다.

—미국 명문대를 나온 특급 광고회사 대리.

—레지던트를 마친 전문의.

—명문대를 나와 대형 개인 약국을 경영하는 약사.

—대기업의 기획팀 팀장.

—국내 3대 모델 에이전시 캐스팅 팀장.

다섯의 여자 앞에서 강토는 잠시 중심을 잃었다. 스펙은 굉장했다. 그런데 사이즈는 더 굉장했다. 단순히 학벌에 직업만 좋은 게 아니라 미모와 몸매도 수준급이었다. 다만 우주인이 한 분 더 계시기는 했다.

─개인 기업 여직원.

예정된 다섯에 하나가 더해진 상태. 그 하나는 스펙도 전문 대졸이고 몸매도 그저 그랬다. 다만 얼굴은 통통하고 귀여운 편. 그렇게 여섯 여자가 모이니 통통녀는 화성에서 온 여자처럼 보였다.

"여기 꼴찌가 의뢰비 지불하겠다는 각서예요."

대표자를 자청하는 대리가 다섯 장의 각서를 내밀었다. 여섯이 아니고 다섯 장이었다.

"저쪽 분은 이 게임하고는 상관없어요. 다만 이 인간이 다리를 걸친 여자라서 끼워놓은 거죠."

대리가 통통녀를 턱으로 가리켰다. 자기들끼리는 이미 협의가 끝난 모양이다.

"저는 그냥 갈래요."

풀이 죽은 통통녀가 기어들어 가는 소리로 말했다.

"왜 그래요? 그 인간, 같이 보기로 해놓고."

대리가 대차게 쏘아붙였다.

"……"

통통녀는 더 이상 기를 펴지 못했다.

장소는 작은 카페였다. 종업원 둘이 입구에서 손님을 커팅하는 걸로 보아 통째로 빌린 모양이다. 강토와 문수는 테라스에 앉아 차를 받아놓고 실내를 바라보았다. 아무도 보이지 않았다. 카페는 여자들이 벌일 비밀을 모르는 척 고적하게 보였다.

한마디로 폭풍전야!

딱 그 짝이었다.

"어때요?"

문수가 물었다.

"내가 물을 말이야."

"뭐가 말입니까?"

"방 실장 여자."

"제 여자는 왜 또……."

"연애도 쉽지는 않겠어."

"대표님은 안 해보셨습니까?"

"나야 뭐 대학생 때 철모르고 했으니까."

"죄송하지만 그게 십 년 전 일 아니거든요. 심지어는 오 년 전 일도."

"그런가? 그런데 왜 괜히 몇 십 년 전 얘기처럼 느껴지지?"

"뇌파를 너무 써서 그런 건 아니겠죠? 대표님하고 저하고 나이로는……."

"어허, 오뉴월 하루 땡볕이 어딘 줄 알고."

괜한 엄포를 놓고 하늘을 보았다. 대학 시절의 풋사랑. 열렬하지는 않았다. 그녀가 원하는 사랑을 할 여유도 없었다.

나 가방 사줘.

그녀의 그 말이 이별의 시발이었다.

좋아.

철모르는 강토가 대답했다.

○○○ 걸로.

좋아.

강토는 모르고 있었다. 그 가방이 얼마짜리인지. 다음 날 검색을 해보고서야 알았다. 무려 480,000원이었다. 동그라미를 하나 잘못 읽었다. 5만 원을 냈다가 개쪽을 당했다.

다른 거 사면 안 돼?

강토가 다시 물었다.

남자가 그 정도 능력도 안 돼?

안 됐다.

두말 않고 헤어졌다. 480,000원이면 강토의 한 달 생활비였다.

지난 기억을 더듬을 때 전화가 울렸다. 덕규 어머니였다. 질퍽한 사투리로 인사부터 해왔다. 특별한 건 없었다. 덕규 잘 부탁한다는 정기 안부 전화일 뿐.

"아, 저 인간인가 본데요?"

전화를 끊을 때 문수가 뒤쪽을 가리켰다. 강토가 돌아보았다. 허우대는 멀쩡했다. 키는 180쯤 될까? 오뚝한 콧날에 선이 또렷한 입술, 눈망울까지 시원하게 보여 여자들이 뻑 갈 스타일이긴 했다.

"저 친구는 모르겠죠?"

"뭘?"

"여기가 자기 도살장인 거."

"모르겠지."

"푸주 칼 휘두를 사람들이 자기가 다리 걸친 여자들이라는 거."

"그럼 나는?"

"대표님은 비밀 도살 저승사자?"

"이 여자들 시나리오 들어봤어?"

"아뇨. 그냥 지켜보고 있으면 마지막에 신호를 보내준다고 했잖아요. 대표님 등장하시라고."

"극적이네."

"그렇죠?"

"덕규 부를까?"

"부실장은 왜요?"

"여자들 사랑싸움이잖아? 알 수 없는 게 여자 마음이라고, 혹시 봄봄이라는 소설 읽어봤어?"

"흐음, 말로는 쿨한 척하지만 마지막에 점순이처럼 대표님 귀를 잡아당길지도 모른다?"

"그것도 여섯이……."

"그럼 제가 몸으로 때우죠, 뭐."

"몸빵은 덕규가 제격이야."

말을 흐리며 실내를 보았다. 남자가 테이블에 앉았다. 전화기를 꺼내 든다. 그런데 한 대가 아니었다. 그의 핸드폰은 두 대였다. 그럴 수도 있었다. 직장용도 있고 영업용을 가지고 다니는 사람도 있으니까. 남자는 쉴 새가 없었다. 이 핸드폰, 저 핸드폰으로 문자를 날려대는 것이다. 분당 500타는 찍을 것 같았다.

정신없는 틈을 타 여자가 하나 등장했다. 대리였다. 그녀의 눈은 남자를 정통으로 겨누고 있었다.

여자들의 자존심 전쟁.

시작되었다.

*   *   *

"미안. 좀 늦었어."

대리가 다가오자 남자는 핸드폰 하나를 슬쩍 주머니로 숨겼다.

"괜찮아. 그럴 수도 있지."

남자의 마음은 넓은 우주였다. 옆에 앉은 여자의 허벅지를 톡톡 쓰다듬더니 이내 어깨를 껴안고 볼에 키스를 시도했다.

"아이, 사람들 보잖아."

대리가 슬쩍 남자를 막았다.

"보면 어때? 내 여자랑 키스하는데……."

"진짜 나 좋아해?"

"아, 진짜… 내가 몇 번을 얘기해. 나는 이 우주에서 오직 너뿐이야. 내 마음 그렇게 몰라?"

남자가 가슴을 두드리며 안타까움을 호소했다. 구김 하나

없는 표정. 연기도 제법 수준이 되었다.

"그 말 맹세할 수 있어?"

"하늘 땅, 별 땅, 천지신명과 하느님, 부처님, 알라님, 공자님께 다 맹세한다."

"그럼 각서로 써줘. 다른 여자 좋아하다 걸리면 100억 물어준다고."

"각서?"

"안 돼?"

"왜 안 돼? 어디다 써줄까? 모텔에 가서 가슴에다 써줄까?"

"어느 모텔?"

"아, 오늘따라 섹시하게 왜 그래? 자기 벌써 몸 뜨거워졌어?"

남자는 대리의 허리를 당기며 애교까지 작렬시켰다.

"아무튼 나 사랑하면 각서 써줘. 다른 여자 껄떡거리다 걸리면 100억 물어낸다고. 나 그거 공중 설 거야."

"그래, 까짓것 쓰자, 써. 기왕이면 한 1,000억으로!"

호기를 부리는 남자 앞에 대리는 진짜 계약서를 내놓았다. 빈 종이가 아니라 갑과 을이 제대로 명기된 계약서였다.

"오정화!"

남자의 얼굴이 구겨지기 시작했다.

"이거 장난 아니네?"

"왜? 1,000억으로 쓰자더니?"

"야, 그래도 그렇지 너하고 나 사이에 무슨……."

"그럼 계화은 씨하고는 쓸 거야?"

"뭐?"

"아니면 닥터 차영아 씨하고는 쓰려나?"

"……."

"그것도 아니면 이미배 씨는 어때?"

"야, 오정화!"

그제야 뭔가를 눈치챈 남자가 자리를 박차고 일어섰다.

"앉아, 이 난봉꾼 새끼야. 경찰 부르기 전에!"

대리의 눈빛이 변했다. 그리고 출입문이 열리며 방금 전에 대리가 호명한 차례로 여자들이 들어서기 시작했다.

노처녀 전문의가 들어서고, 약사도 들어서고, 팀장들과 통통녀까지.

쿵쿵쿵!

타이밍에 맞춰 긴박한 BGM도 울려 퍼졌다. 놀란 남자가 고개를 들지만 음악 소리는 더 높아질 뿐이었다. 그 또한 여자들의 주문 사항인 것 같았다.

쿠쿠쿵!

"……!"

여섯 여자는 남자를 둘러싸고 장벽처럼 버티고 섰다.

"뒤져봐요!"

대리가 말하자 팀장이 나서며 남자의 주머니를 뒤졌다.

"이거 왜 이래?"

"가만히 있어."

팀장이 남자를 밀고 주머니를 만졌다. 핸드폰이 하나 더 나왔다.

"뭐? 나만 사랑해?"

대리를 제외한 여자들이 핸드폰 문자를 내밀었다. 거기 적힌 문구는 대략 비슷했다.

—자기, 정말 나만 사랑하는 거지?

—당연하지. 나는 오직… 뿐이야.

다른 건 이름뿐이었다.

—내 사랑, 너무너무 싸랑해!

하트 팡팡으로 보낸 문자는 여섯 여자에게 단체 발송.

"저기, 그게 말이지……."

변명을 늘어놓으며 일어서려는 남자. 하지만 여자들은 남자보다 억센 완력으로 남자 어깨를 눌러 버렸다. 사랑이 아니라 배신감에 불타는 여자들은 더 이상 약한 여자가 아니었다.

"양다리도 아니고 여섯 다리씩이나. 좋았냐?"

대리가 레이저를 뿜으며 물었다.

"……!"

남자는 유구무언이다. 변명도 한둘이지, 여섯 여자가 독기를 뿜고 있으니 침묵이 유리하다고 판단한 것이다.

"우리가 언제까지 속고 살 줄 알았어? 우리 똘아이 아니거든."

"……."

"네가 갈 길은 딱 하나야. 혼인빙자간음. 아, 그건 폐지되었더군. 너 같은 놈을 위해서 이놈의 정부는 참 착하기도 하지."

"……."

"그렇다고 좋아하실 건 없어. 그래도 민사로 돌릴 수는 있으니까. 어쩔래? 우리도 이제 이판사판이거든? 우리 여섯이 네 회사 찾아가서 시위라도 해줄까, 아니면 SNS로 쫙 도배를 해줄까?"

"……."

"싫지? 너 같은 인간이 또 쪽팔린 줄은 알아요."

"……."

"네가 살 길은 딱 하나뿐이야."

"뭔… 데……."

남자가 기어드는 목소리로 물었다,

"살고는 싶냐?"

"……."

"야, 그렇게 불쌍한 얼굴 하지 마. 네 본성 그거 아니잖아? 화려한 말발에 우아한 매너. 그거 망각하고 찌질하게 굴면 우리가 불쌍해지거든."

"……."

"아무튼 이 자리에서 솔직히 까발려 봐라. 대체 우리 중에 누굴 사랑하고, 누굴 데리고 논 건지."

"……."

"말 안 해?"

"……."

"야, 너는 지금 묵비권 행사할 권리도 없어. 빨리 입 안 열어?"

가장 올드해 보이는 전문의가 힐을 벗어 들고 얼굴에 겨누며

합세했다. 그러자 불리함을 느낀 이 남자, 아 하는 신음과 함께 눈을 뒤집고 넘어갔다.

"어머!"

여자들의 기세가 한풀 꺾였다. 죄는 미워도 인간은 미워 말라더니 여자들의 모성을 자극하기에는 딱 맞춤인 상황이 연출된 것이다.

"뭐 해요? 의사라면서?"

대리가 전문의의 등을 밀었다.

"의사긴 하지만 난 전공이 달라서……."

"꾀병 아니야?"

여자들이 우왕좌왕할 때 강토가 나섰다.

"실례합니다!"

여자들의 틈을 비집은 강토는 남자의 얼굴에 물을 부어버렸다. 남은 반 컵은 그의 사타구니에 부었다.

"……!"

남자는 머리를 흔들며 눈을 떴다. 꾀병이었다. 강토는 그걸 알고 있었다. 이미 그의 뇌 속으로 매직 뉴런을 출격시킨 강토. 그의 뇌가 멀쩡하다는 걸 꿰고 있었던 것이다.

"뭐야? 진짜 꾀병?"

"이 인간 이거 진짜 대책 없네."

다른 여자들이 핏대를 올릴 때 강토가 대리에게 물었다.

"좀 더 기다릴까요?"

"아뇨, 진행해 주세요."

오더가 떨어지자 여자들이 한 발 물러섰다. 뜨악한 표정을 짓는 건 남자뿐이었다. 당신 뭐야? 그는 그렇게 묻고 싶었을 것이다. 하지만 입으로 소리를 밀어내지 못했다. 머리에 느닷없는 압박을 느낀 것이다.

"뇌파 분석가 이강토라고 합니다."

강토는 자기소개부터 했다. 예의였다. 남자는 눈만 끔뻑거렸다.

"여자 분들에게 의뢰를 받았습니다. 당신이 누구를 가장 사랑하는 건지 좀 밝혀달라고."

"……."

"지금부터 진행하겠습니다. 당신은 그저 내 얼굴만 바라보면 됩니다."

"무, 무슨 짓을 하려고?"

"얌전히 응하세요. 아직 상황 판단 안 돼요?"

강토가 여자들을 가리키며 웃었다. 남자는 주변을 돌아보더니 체념한 듯 깊은 호흡을 밀어냈다.

"시작합니다. 당신은 그저 정면을……."

강토가 가만히 두 손을 들었다. 공기를 밀어내는 듯 남자의 얼굴까지 다가간 손을 거두어 원을 몇 바퀴 그렸다.

'아러니까 마법사 삘인데?'

혼자 웃었다. 그러나 헤픈 미소와 달리 강토의 매직 뉴런은 남자의 비밀 서랍을 향해 폭주하는 중이다.

―이온 작렬!

―시냅스 발진!

―뉴런 합체!

소리 없는 진격은 오직 강토만의 영역이었다. 뉴런들은 이내 해마에 닿았다. 그곳의 단기 기억을 섭렵하고 바로 대뇌피질로 폭주했다. 측두엽이 열렸다. 시각령이 열리고 청각령도 열렸다. 그곳의 무수한 기억의 서랍들, 비밀의 서랍들…….

궁금했다.

이 남자가 진짜 사랑하는 여자가.

―눈으로 치면 전문의?

―몸매로 가면 대리?

―가슴은 약사?

―모르지. 침대 위에서는 에이전시 팀장이 더 요부일지도.

강토는 여자들의 이름을 하나하나 넣으며 남자의 기억을 개봉했다. 그사이에 낯이 뜨거워지는 강토. 이 남자는 물개띠일까? 열리는 서랍마다 질펀한 섹스 신이 야동처럼 펼쳐졌다.

난감했다. 야동보다 더 야동 같은 장면의 연속. 오히려 연출되지 않은 일반인이기에 강토도 달아오를 수밖에 없었다.

'스트롱…….'

인정했다. 더블헤더는 기본이었다. 침대에서 합체만 되면 여자를 녹다운시키는 남자였다. 노하우가 있었다. 노하우도 다양했다. 여자의 특성에 따라 연주법이 달라지는 남자. 그리스 신화의 바람둥이 제우스와 근세의 바람둥이로 회자되는 카사노바가 저랬을까?

'부러운 놈······.'

반은 농담이다. 기억을 섭렵한 강토는 마침내 핵심어를 완성시켰다.

—이 바람둥이가 가장 사랑한 여자!

'보여다오!'

여러 기억을 한데 꺼내놓았다. 답이 나왔다. 강토는 작은 선물을 남겨주고 매직 뉴런을 회수했다. 야한 물이 들까 걱정스러웠던 것이다.

"하하핫!"

선물은 기쁨이었다. 세로토닌의 양을 살짝 증가시켜 생뚱맞은 행복함을 안겨준 것. 남자가 웃자 여자들의 눈이 일제히 도끼날로 변했다.

"아하핫!"

그래도 웃음은 그치지 않았다. 성난 여자들 앞에서 터뜨리는 헤픈 웃음. 그야말로 자기 무덤을 파는 일이었다. 그렇기에 남자는 기를 쓰며 멈추려 하지만 어쩔 수 없었다.

"개자식!"

촤악!

결국 여자 둘에게서 식은 커피와 물세례를 받고서야 웃음을 그쳤다.

쫙!

따귀는 보너스로 뒤따랐다.

"답 나왔나요?"

대리가 강토를 바라보았다. 똑 부러진 성격의 대리, 성격도 제일 급한 모양이다.

"결과만 알려드릴까요, 아니면 이 인간의 비리까지 알려드릴까요?"

강토가 여섯 여자를 향해 물었다.

"결과만 알려줘요."

두엇이 입을 모았다.

"비리가 우리하고 관련된 건가요?"

다른 질문은 약사에게서 나왔다.

"물론이죠."

"그럼 같이 들어야 하는 거 아닌가요?"

약사가 나머지를 바라보았다. 나머지는 침묵. 묵시적인 동의가 나온 것이다.

"그럼 제가 호명하는 대로 줄을 서주시기 바랍니다. 첫째는 오정화 씨, 차영아, 이미배… 마지막에 한세은 씨."

차례의 순서는 대리부터 통통녀까지였다. 줄을 돌아본 대리가 미소를 머금었다. 맨 끝에 선 통통녀 한세은. 만약 그럴 리는 없겠지만 통통녀가 아니라면 자신이 1등 당첨이기 때문이다.

—바람둥이가 진심으로 사랑한 여자!

가치가 있을까?

강토는 여전히 의문이지만 여자들은 여전히 그 결과를 기다리고 있다.

"먼저 비밀부터 말씀드리죠. 그냥 넘어가려고 했는데 사안이 좀 중요하기 때문에 말씀드리게 되었습니다."

"……."

여자들은 침묵으로 강토를 바라보았다.

"거기 약사님, 이 남자의 가방을 열어보시죠. 중간에 작은 지퍼가 있는데 거기 재미난 약이 들어 있을 겁니다."

강토가 말하자 남자는 혼비백산하며 가방을 꺼안았다. 문수가 그걸 가로챘다. 남자가 놓지 않자 대리의 미들 킥이 복부로 날아갔다. 남자는 별수 없이 제자리에 앉고 말았다.

지익!

가운데 지퍼가 열렸다. 가방 안에서 가장 은밀한 공간이다. 안에서 작은 주사기와 물약 병이 나왔다. 연고 같은 것도 있었다.

"어머!"

누군가 입 막는 소리가 들렸다. 여자들이 서로 돌아보았지만 소리는 다시 나지 않았다. 소리의 주인공을 아는 건 오직 강토뿐이었다. 그 소리, 남자의 기억에서 들은 딱 그 소리였다.

"이거 마약 같은데?"

약사가 전문의를 바라보았다. 전문의가 다가가서 약과 주사기를 체크했다. 전문의의 미간이 확 일그러졌다.

"마약 맞습니다. 일명 물뽕이라는군요. 이 친구는 여러분의 취향이나 성향에 따라 그걸 쓰기도 하고 안 쓰기도 했습니다. 아마 두 분 정도는 이 약을 기억할 겁니다."

"어머어머, 누구한테는 약까지 쓴 거야?"

전문의가 탄식을 토했다.

사사삭!

여자들의 눈 돌아가는 소리가 뒤따랐다. 그 둘은 누구일까? 그래도 최소한 나는 아니구나. 두 감정이 엇갈리는 소리였다.

"그럼 여기서 여러분이 원하는 가장 사랑한… 제 생각에는 '그나마'라는 말을 붙이는 게 좋을 거 같은데 어떻게 생각해?"

말을 하던 강토가 남자를 바라보았다. 남자는 고개를 숙인 채 여전히 유구무언이다.

"일단 이 남자가 여러분 중에서 가장 좋아한 여자는……."

"……."

여자들이 일제히 숨을 죽였다. 고개를 숙인 건 통통녀뿐이었다. 강토의 눈은 그녀를 지나 그 옆의 에이전시 팀장에게 멈췄다.

"저분이십니다!"

"악!"

비명과 함께 여자들이 자지러졌다.

"어이, 내 말 틀려? 어차피 당신이 확인할 일이니 이실직고하셔."

강토가 남자를 착하게 옥박질렀다.

"……!"

남자가 주저하자 강토는 글루타메이트의 분비를 슬쩍 조절해 주었다.

증가 and 감소.

남자는 공포와 공포를 오가는 지옥행 시소를 탄 기분이 들었다. 바짝 졸은 얼굴을 향해 강토가 다시 한 번 우아하게 물었다.

"이실직고!"

"맞, 맞습니다. 그중에서는 이미배……."

"뭐야?"

통통녀와 에이전시 팀장을 제외한 여자들이 일제히 남자에게 달려들었다.

"잠깐요. 꼴찌가 남았습니다."

강토는 여자들을 막아섰다. 그런 다음 다시 남자를 바라보았다. 남자는 주저주저 손을 들었다. 그 손이 가리킨 건 전문의였다.

"악!"

충격을 먹은 전문의가 비명을 지르며 주저앉았다.

"이거요!"

문수가 전문의를 향해 의뢰 이행 확인서를 내밀었다. 친절하게 인주도 갖추고 있었다. 전문의 차영아는 덜덜 떠는 손으로 사인을 했다.

"고맙습니다!"

문수는 고객에 대한 인사를 잊지 않았다.

"가시죠."

문수의 안내를 받으며 강토는 문을 열었다. 뒤쪽에서는 여자들의 분노가 극에 달하고 있었다. 그에 따라 남자의 비명도 조화를 이루었다.

"악!"

"아악!"

"아아악!"

여자들의 킥은 남자의 그곳만을 노렸다. 어쩌다 뒤에서 똥구멍을 걷어차는 여자도 있기는 했다.

"저 사람 저러다 알 터지는 거 아닐까요?"

문수가 웃었다.

"인과응보지, 뭐."

강토도 웃었다.

"저한테도 비밀인가요?"

"마약까지 이용한 게 진실인지, 어째서 이미배가 톱이고 차영아가 바닥인지?"

"뭐 나머지도……."

"그럼 어디 가서 식사하면서. 시간은 널널하니까."

강토가 식당가를 가리켰다. 카페의 비명은 점점 더 높아지고 있었다.

"아아아악!"

긴 비명 후에 절규가 그쳤다.

조용하다.

"알, 결국 터진 모양인데요?"

문수는 웃음을 참지 못했다.

      *   *   *

불짬뽕을 시켰다. 얼큰한 청양고추에 첨가된 베트남 매운고추의 맛이 가히 환상이었다. 땀이 주르륵 흐르면서 속이 개운해졌다.

비하인드!

문수가 원하는 비하인드를 풀어놓았다. 남자의 기억을 당겨온 강토. 질펀한 동영상을 문수에게 중계해 주었다.

일단 마약.

물뽕은 확실했다. 남자는 타고난 섹스광이 아니었다. 오히려 그 반대였다. 남자는 고등학생 때까지만 해도 수줍음을 많이 탔다. 남자가 변하게 된 건 대학 1학년 때 나간 알바가 계기였다. 강남의 과외였다. 그날따라 학원에 간 학생이 돌아오지 않았다. 학부모가 주스와 과일을 내주었다. 맛이 좀 이상했다. 먹고 나니 열이 올랐다. 거시기에도 불이 들어왔다.

'왜 이래?'

남자는 어쩔 줄을 몰라 했다. 화장실이라도 가고 싶었지만 불뚝 성난 거시기 때문에 일어나지 못했다. 그때 학부모가 몸을 숙였다. 가슴골이 적나라하게 보였다. 그때 안 거지만 학부모는 브래지어를 차고 있지 않았다. 화끈함에 고개 둘 곳을 몰랐다. 하지만 그건 시작에 불과했다. 여자가 자세를 뒤틀어 허벅지와 속옷까지 보여준 것이다. 심지어는…….

"어머, 우리 선생님, 어디 아프시구나?"

뒤로 돌아와 남자의 이마를 짚었다. 여자의 물컹한 가슴이 등에 닿았다.

"아유, 순진하시긴……."

학부모의 손이 가슴으로 들어왔다. 남자가 막혀 버릴 것 같은 숨통을 겨우 유지하는 사이에 손은 가운데로 향했다. 남자는 그렇게 학부모의 손아귀에 들어갔다.

학부모는 걸핏하면 남자를 당겨 침대로 향했다. 그때마다 용돈을 찔러주었다. 양심에 찔렸지만 한 번 넘은 선은 문제가 되지 않았다.

남자는 학부모가 싫었다. 오럴을 자주 원했기 때문이다. 온갖 자세를 원했기 때문이다. 거부하면 돈이 올라갔다. 그때 남자는 알았다. 여자는 침대에서 녹여야 한다는 걸. 그럼 돈까지도 딸려온다는 걸.

학부모가 지방으로 이사를 갔다. 그 후로도 학부모는 때때로 서울 원정을 왔다. 오래 지속되지는 않았다. 남자는 알았다. 그녀가 지방에서 대타를 물색했다는 걸. 그녀의 수법으로 봐서 어려운 일도 아닐 것 같았다. 마지막이 가까울 때 남자는 돈을 요구했다. 마침 등록금 마련이 어려웠다. 학부모는 다시는 손을 벌리지 않는다는 조건으로 등록금을 내주었다. 물론 그날 남자는 그만한 대가를 치러야 했다.

'이것 봐라?'

남자는 배웠다. 여자 다루는 법을. 그녀들의 지갑을 여는 법을. 대학을 졸업한 이후로 남자는 본격적으로 그길로 나섰다. 어려울 것도 없었다. 허우대는 멀쩡했고 매너도 좋았다. 약간의 구라만 보태면 여자들이 넘어왔다. 한 번 자고 나면 아예 엉겨 붙는 경우가 다반사였다.

돈이 나오는 만큼만 빨아먹고 갈아탔다. 강토가 이름을 기억하는 여자만 해도 서른이 넘었다. 남자의 여자 유효기간은 길어야 6개월이었다.

그렇다면 남자는 선천적 강철 고추의 사나이?

절대 아니었다. 남자는 치밀하게 몸 관리를 했다. 한 번 관계를 가지면 2~3일은 침대를 멀리했다. 여자들의 성향에 맞춰 도구나 약을 사용하는 것도 병행했다.

─금세 달아오르는 타입!

─천천히 달아오르는 타입!

─섹스에 흥미가 없는 타입!

─예민한 타입!

─알고 보면 속물인 타입!

등등으로 나눠 거기에 알맞게 공략했다. 감흥이 나지 않는 여자에게는 물뽕을 썼다. 속물인 타입에게는 기구로 에너지를 아꼈다. 그는 방중술을 배웠고, 몸에 좋다는 약도 많이 챙겨 먹었다. 좋게 보자면 나름 프로 정신에 투철한 인간이었다.

"그런데 왜 에이전시 팀장이죠? 그 여자가 가장 밝히는 타입인가요, 아니면……."

"그 반대였어. 그 여자는 석녀였거든."

"석녀요?"

놀란 문수가 면발을 입에 문 채 고개를 들었다.

"석녀 맞아. 섹스에 별 감흥이 없는 여자. 그냥 손만 잡고 자도 되는 여자."

"진짜요?"

"남자는 여자들이 귀찮았던 거야. 그래서 그녀가 편했지. 침대에 알몸으로 누워만 있어도 되는…….'

"대충 공감이 갑니다. 그러니까 그 여자 만날 때는 좀 쉴 수 있다 이거죠?"

"오케이."

"그럼 통통녀는요? 전 그 여자가 석녀처럼 보이던데?"

"그녀는 봉사 정신이 강하더군. 남자가 원하는 걸 다 해줬어. 다른 여자들하고는 반대였지."

"보상 심리로군요. 다른 여자들에게 노가다 뛴 걸 위로받는…….'

"그렇다고 봐야겠지?"

"그럼 최고의 색골녀는요? 실은 그게 제일 궁금합니다."

"방 실장 생각은?"

"저는 그 대리요. 잘록한 허리의 몸매에 푸짐한 가슴을 보니 야동 생각이 나서…….'

"진짜 색골은 의사였어. 그녀는 풀코스를 거쳐야 겨우 만족하는 것 같았으니까. 그래서 남자는 그 여자 만나는 게 질색이었지. 하지만 지갑을 가장 빵빵하게 채워주는 게 그녀였으니…….'

"풀코스라고요?"

"남자가 가진 모든 재주 말이야. 물뽕에서부터 기구, 애무까지……."

"그러면서 그렇게 시치미 떼고 정색을 해요? 아까 마약 나오니까 완전 처음 보는 것처럼 굴던데?"

"여자의 두 얼굴이지. 아니, 사람의 본성이랄까? 그 자리에서 '어머, 나 이거 많이 썼는데' 할 수는 없는 거 아냐?"

"그럼 그 여자가 돈을 가장 많이 빨렸다는 얘기네요?"

"그렇다고 봐야겠지?"

"이야, 세상은 진짜 요지경이네요. 겉으로 봐서는 아무 남자에게나 넘어갈 것 같지 않은 럭셔리한 여자들이……."

"전두엽 때문이지."

"예?"

"사랑에 빠지면 전두엽 기능이 일시 정지되어 버리거든. 비판과 의심하는 기능이 사라지는 거야. 뭐를 해도 믿게 되지. 그 물뽕이라는 것도 처음에는 활성 종합비타민이라고 속이고 시작한 거야. 하지만 주사잖아? 누가 봐도 의심스러운 일이지만 사랑에 눈이 머니 전두엽이 작동하지 않아 믿어버리게 된 거야."

"아, 그런 현상은 재희한테 일어나야 하는 건데……."

"방 실장 여친?"

"아닙니다. 이제는 저도 빈정이 상해서 별 마음도 없거든요. 가실까요?"

국물까지 들이켠 문수가 말했다. 강토는 냅킨으로 입을 닦고 일어섰다.

"나름 정리가 끝난 모양인데요?"

문수가 카페를 바라보았다. 가게에는 일반 손님들이 드나들고 있었다.

희대의 바람둥이 사기꾼에게 당한 여러 여자들. 거기에 마약까지 사용 당한 여자 피해자까지 포함. 자칫 방송이라도 타면 국민적 우스개가 될 꼴이니 분풀이를 제대로 했다면 경찰로 가지는 않았을 것 같다.

"어, 대표님!"

운전석으로 가던 문수가 턱짓을 해왔다. 저만치 여자가 보였다. 차영이였다.

"혼자 남은 모양인데요?"

"그러게."

강토는 여자를 주시했다. 혼이라도 나간 느낌. 감이 좋지 않았다.

"잠깐만!"

문수를 눌러둔 강토가 여자 쪽으로 다가섰다. 먼 곳을 보는 여자를 향해 가만히 매직 뉴런을 밀어 넣었다. 목적지는 해마였다.

엄마, 미안해요.

해마 안에 든 기억은 그것이었다. 남자를 린치할 때 여자는 빠져 있었다. 그저 넋을 놓고 있을 뿐이었다. 우주의 허무가 그녀 어깨 위에 있었다.

'충격이 컸겠지.'

강토는 그대로 돌아섰다. 나머지는 저 여자가 감당할 몫이었다. 그건 다른 여자들도 같았다. 어디 가서 술을 마시든, 아니면 폭식을 하든, 그것도 아니면 여자들이 좋아하는 연주회나 영화를 보든.

"가자!"

조수석에 오른 강토가 말했다.

부릉!

시동은 부드럽게 걸렸다.

벙커로 돌아왔다.

덕규는 뭔가를 공부하는 중이었다.

"형!"

철문을 밀고 들어오는 강토를 보자 덕규가 반색을 했다.

"열공 중?"

"말도 마. 나 미치겠어."

"왜?"

"아, 진짜… 방 실장은 왜 그런대? 사람 머리가 다 자기 같은 줄 아나? 뭐 이렇게 공부하라는 게 많으냐고."

"공부해서 남 주냐?"

강토는 냉장고를 열어 캔맥주 하나를 꺼냈다.

"나도!"

"안 돼. 공부 끝내고 먹든지."

"졸라 치사하게……."

"그 말, 너네 엄마한테 전해줄까?"

"우리 엄마 또 전화 왔었어?"

"그래. 막 굴려서 사람 만들라고 하시던데?"

"쳇, 내가 무슨 로봇인가?"

"그래도 너네 엄마 같은 사람 없다."

"아, 형이 그 말 하니까 엄마가 끓여주던 씨암탉 생각나네. 가마솥에 광솔을 때서 그냥 푹! 공부 많이 해서 그런가, 괜히 속이 허하네."

"그만해라. 그건 나도 먹고 싶으니까."

"크크큭, 그렇지?"

"아무튼 있을 때 잘해라. 나처럼 돌아가시고 나면 하고 싶어도 못 하게 되니까."

"하긴 우리 엄마가 굉장하긴 하지. 가끔은 신앙이고 가끔은 기댐목이고……."

덕규가 제법 철든 표정을 지었다.

"알았으니까 공부!"

강토가 덕규의 등짝을 후려쳤다.

"아, 진짜… 형은 모른다니까. 나 고1 때 확 자살하고 싶은 것도 엄마 때문에 못 했다고!"

"진짜?"

"그래. 한강 다리에서 확 뛰어내릴까 싶을 때 엄마 생각이

나잖아? 그렇게 돼지고 나면 엄마한테 너무 미안할 것도 같고……."

미안?

갑자기 그 단어가 강토의 뇌리에서 맴을 돌았다. 아까 차영아의 뇌에서 읽은 말이다.

―엄마, 미안해!

"야, 너 그때 그 감정 한 번만 재현해 봐라."

"무슨 감정?"

"다리 위에서… 엄마, 미안해."

"아, 진짜… 다 지난 얘기라니까."

"황 부실장, 명령이야. 업무 때문에 그러는 거니까 한번 해 봐."

"형."

"업무 때문에 그런다니까."

"알, 알았어!"

강토의 표정에 질린 덕규가 호흡을 가다듬었다. 그런 다음 멍 때리기에 이어 체념의 포스로 돌입했다. 이어지는 허무와 절망, 그 안으로 강토의 매직 뉴런이 들어갔다.

"그때랑 싱크로율 얼마 정도냐?"

"뭐… 한 절반 정도?"

덕규의 말을 들으며 강토는 뇌의 분위기를 파악했다.

―엄마, 미안해.

그 기억을 짚어낼 때의 차영아의 뇌. 당시의 상황을 재연하려는 덕규의 뇌.

'쉿!'

집중하던 강토의 미간이 확 구겨졌다.

"방 실장! 방 실장!"

강토는 미친 듯이 전화를 걸어댔다. 그런 다음 덕규에게 소리쳤다.

"차 대라! 빨리!"

"왜?"

영문을 모르는 덕규가 물었다.

"잔소리 말고 빨리!"

덕규를 몰아친 강토가 차에 올랐다.

"딱지 끊어도 좋으니까 밟아! 어서!"

"예—썰!"

그거야 덕규의 주특기다. 바로 속도를 올린 덕규가 차 사이를 치고 빠지기 시작했다. 강토는 계속 전화를 걸었다. 문수에게 받아낸 차영아의 번호였다.

〈전원이 꺼져 있어…….〉

야속한 멘트만 반복되었다.

"다 왔어!"

역시 문수에게 받은 주소를 입력한 덕규이다. 오피스텔이 보이자 강토에게 소리쳤다.

"611호!"

강토는 뒤도 돌아보지 않고 현관으로 치달았다. 재수 없게도 엘리베이터가 막 올라가고 있었다. 별수 없이 계단으로 뛰었다. 6층 계단참이 나올 때까지 강토는 쉬지 않았다.

"이봐요, 차영아 씨!"

문을 두드렸다. 기척이 없다. 대신 주민의 신고를 받은 경비가 달려왔다.

"무슨 일인데 그러는 거요? 시끄럽다고 민원 들어오잖아요?"

경비의 말을 흘리며 강토는 번호를 눌렀다. 이번에는 112였다.

"안에서 사고가 난 거 같다고요?"

이어 출동한 경찰이 물었다. 둘이다.

"그래요. 빨리 문 좀 따보세요!"

"실례지만 여기 주민과 어떤 관계신지?"

"제 고객입니다. 그런데 행동과 말이 좀 이상해서요."

"그것만 가지고는……."

"이봐요, 급하다니까요. 여자가 자살하고 있는지도 몰라요."

"그럼 일단 CCTV 확인해서 여자가 나갔는지 아닌지부터."

"급하다니까요."

"안에 있다는 보장도 없지 않습니까? 전화도 안 된다면서?"

"……."

"그게 순서입니다. 나가는 게 확인이 되지 않으면 문을 열어보도록 하죠."

"그러면 늦을지도 몰라요."

"강제로 문을 개방했다가 안에 아무도 없으면 누가 책임질 건데요?"

경찰다운 판단이었다. 별수 없이 반 검사에게 전화를 걸었다. 이럴 때는 공인 신분이 최고였다. 그래도 안 되면 청와대의 장철환에게라도 연락을 할 생각이다.

"형님, 저 강토입니다."

"어, 웬일이야?"

반 검사는 다행히 바로 전화를 받았다.

"급한 일이 생겼는데 형님이 통화 좀 해주시면 고맙겠습니다."

간단하게 개요를 설명해 주었다.

"바꿔봐."

반 검사는 아무런 토도 달지 않았다.

"뭐 그러시다면……."

반 검사와 통화를 한 경찰이 고개를 끄덕거렸다. 바로 열쇠공이 불려왔다. 채 일 분도 되지 않아 보조키와 문 키가 두 손을 들었다. 안에는 아무도 없었다. 그저 평범한 여자의 방. 실내를 살펴본 경찰이 욕실을 열었다.

"……?"

거기 있었다. 물을 가득 채운 욕조에 늘어진 차영아. 온통 붉은 핏물에 담긴 그녀의 육신.

"이런!"

표정이 일그러진 경찰 둘이 차영아를 욕조에서 끌어냈다. 왼손목을 그은 상황이었다. 약도 먹은 모양이다. 다행히 아직 의식은 있었다. 119는 강토가 불렀다.

"저희가 큰 실수를 할 뻔했군요."

119가 차영아를 싣고 가자 현장 수습을 위해 남은 한 경찰이 사과의 뜻을 전해왔다.

"괜찮습니다."

담담하게 인사를 받았다. 사과보다는 그다음 말이 청각을 울렸다.

"차영아 씨, 뇌신경과 전문의라던데 의사가 자살이라니……"

뇌신경과?

흔한 전공이 아니었다. 그 단어 하나에 차태혁부터 차일환, 장규리와 김선국 박사까지 줄줄이 사탕으로 뇌를 스쳐갔다.

"다 네 덕이다."

돌아가는 길에 강토는 덕규에게 고마움을 전했다.

"내가 쌔리 밟아대서?"

"그것도 그렇고……"

강토는 비로소 숨을 돌렸다.

―엄마, 미안해.

그게 단서였다. 그때 읽어둔 그녀의 뇌 안 분위기. 덕규가 재연한 것과 닮은 곳이 있었다. 그래서 차영아의 목숨을 구하게 된 강토.

알 것 같았다. 그녀가 왜 자살을 시도하게 되었는지. 다른 여자에 비해 색탐이 강한 여자였다. 어쩌면 천생연분을 만났다고 생각했을 수도 있었다. 그래서 그동안 눌러온 모든 욕망을 남자의 품에서 쏟았다. 그런데 그 남자가 전문 제비라니? 그런 인간 앞에서 자신의 치부를 다 드러낸 의사 차영아, 그 치명적 쪽팔림.

'후우!'

강토가 생각해도 착잡했다.

하지만 그렇다고 목숨을 버리는 건 있을 수 없는 일이었다. 뇌에는 변연계가 존재한다. 성적 쾌락의 중추로 불린다. 다 확인하지는 않았지만 아마 변연계가 발달했을 것이다.

'그녀는 무죄!'

강토는 생각했다. 기회가 오면 그녀를 도울 수도 있었다. 변연계를 조금 조절해 성적 쾌락의 수준을 낮춰주면 된다. 그저 잠자리에서나 살짝 요부일 정도로.

또 한 밤이 그렇게 깊어갔다.

제4장
인터내셔널 특허 전쟁

"이거 결국 기사화되었는데요?"

아침, 모닝 미팅 테이블에서 문수가 인터넷 화면을 보여주었다. 차영아 기사였다.

〈전문의 자살 직전에 생명 구해〉

거기 삐 컨설팅의 이름이 보였다. 강토도 모르는 일이다.

"방 실장이?"

강토가 문수를 바라보았다.

"웬걸요? 저는 대표님 전화 끊고 바로 잤거든요."

"그럼 황 부실장일 리는 없고?"

이번에는 덕규를 바라보는 강토. 덕규는 고개를 저으며 혐의를 부인했다.

나쁜 기사는 아니었다. 조금만 늦었어도 생명의 문이 닫혔을 의사. 신속한 제보로 생명을 구했다는 내용에 보태진 제보자의 신원으로 나온 것이다. 의문은 반 검사 쪽에서 풀어주었다.

"경찰 쪽에서 문의하길래 내가 공개하라고 했어."

전화를 걸어온 반석기가 먼저 자수했다.

"형님이오?"

"나쁜 일도 아니잖아? 사람 목숨 구하는 게 아무나 하는 일이야?"

"뭐 그렇긴 하지만……."

"나 그럴 자격 있지 않아? 솔직히 내가 협조 안 했으면 그 여자 죽었을지도 모르지."

그건 공감한다. 경찰이 원리원칙대로 오피스텔의 출입자 CCTV를 확인한 후에 들어갔더라면 그녀의 어깨에 날개가 달렸을 일이다.

"일은?"

"잘됩니다. 형님 덕분에 더 바빠지게 생겼네요."

"이러다 우리 아우님이 대한민국 돈 다 긁는 거 아닌가 모르겠네?"

"그럼 형님한테도 떡고물 좀 떨궈 드리죠."

"됐고, 이규리 공판 잡혔어. 다음 달인데 공판 검사가 재판부 구워삶아서 겨우 비공개로 하기로 했대. 남은 건 아우님 몫인 거 알지?"

"뭐 이규리가 순순히 재판에 응할 수도 있죠."

"그럼 다행이고."

"시간 날 때 연락하세요. 치맥이라도 한잔하게."

"오케이! 수고!"

반 검사의 전화가 끊겼다.

"반 검사님이래요?"

듣고 있던 덕규가 물었다.

"그렇단다."

"아, 우리 큰형님은 괜히 사람 의심받게 만들고……."

덕규가 설레발을 떨었다. 어쩐지 귀엽게 보였다.

"보시죠. 한순길 자료 넘겨주신 거 정리해 보았습니다."

회의로 넘어갔다. 문수가 서류를 내밀었다. 강토가 읽어낸 한순길의 비리와 부패, 그의 인맥들을 정리한 것이다. 첫 장은 인맥을 중심으로, 나중 것은 비리를 중심으로 정리되어 있었다. 은재구와의 연결은 일단 올리지 않았다.

"1안을 보시죠."

문수가 강토를 바라보며 말을 이었다.

"청와대 서별관 회의 건입니다. TMM 논의 건에는 관여하지 않았지만 다른 회의 때는 들어갔으니 요식행위로 넣었습니다. 의뢰자들은 이런 거 좋아하거든요."

"……."

"2안은 한순길의 인맥 정리 항입니다. 대표님 말대로 대표적인 몇 사람을 중심으로 정리해서 의뢰자에게 제공하겠습니다."

"나머지는?"

"이런 의뢰는 의뢰자를 한 번에 만족시키지 못할 수도 있습니다. 그러니 나머지는 두었다가 최종 제공 건으로 가면 효과적일 것으로 봅니다. 다만 정정련 쪽에는 오히려 비리를 중심으로 한 2안을 상세히 정리해서 지난번 이진용 의원 자료 넘겨준 것과 함께 준비하도록 하겠습니다."

이진용 의원은 이성표의 부탁으로 체크하다 알아낸 비밀. 영업용으로 준비한 게 빛을 보는 순간이다. 문수의 진행은 치밀했다. 강토는 만족할 수밖에 없었다.

"반달전자 송 부사장은?"

"그렇잖아도 오면서 외삼촌 전화를 받았는데 오늘 아침 비행기 편으로 입국한답니다."

"움직이라는 건가?"

"서두르는 게 좋겠다고 하시더군요. 반달전자가 구멍가게가 아니라서……."

"흐음, 맨땅에 헤딩이라……."

"맨땅 아니죠. 제가 국내 컨설팅 업체와 유사 업체 다 뒤져봤는데 우리만큼 매력적인 곳 없습니다. 그러니 부딪쳐 볼 만하다고 봅니다."

"국제전이란 말이지."

그렇게 생각하니 처음도 아니었다. 이미 이성표와 합작하며 중국 팀을 누른 전력이 있다.

"오전 스케줄은?"

"두 군데 상담과 계약 건이 있습니다. 팀당 20분씩 시간 쓰시고 차에 타시면 됩니다. 반달전자까지 40분 소요 예상. 송 부사장 스케줄이 오전 기자회견 직후하고 점심식사 전에 잠깐 비더군요. 그거 놓치면 대안으로 오후 임원 비상회의 시간을 타고 들어가시면 될 겁니다."

"오매, 벌써 그 계산까지 끝내셨네? 설마하니 점심은 19분 28초만에 먹는다고 하는 건 아니죠?"

덕규는 문수의 치밀함에 몸서리를 쳤다.

"괜한 농담 말고 부실장은 넥타이 바로 매고 시동 걸고 기다려. 기다리는 동안 이거 숙지하고."

또 몇 장의 업무 서류를 던져주는 문수.

"또요? 지난번 준 것도 다 못 외웠는데?"

덕규는 머리를 헤드뱅잉으로 휘저으며 회의실을 나갔다.

10시 45분!

강토는 반달전자 본사 빌딩 주차장에 있었다. 시선은 현관이다. 문수는 그 안에 있었다. 저 커다란 빌딩 안에서도 그의 뇌가 컴퓨터처럼 돌고 있을 거라 생각하니 걱정 따위는 되지 않았다. 덕규를 보았다. 덕규도 진지 모드 돌입이다. 문수의 엄명 때문이다.

"집중할 것!"

문수가 덕규에게 던진 지시의 전부였다. 언제나 그랬다. 그 한마디면 덕규도 꼼짝하지 못했다. 임자 제대로 만난 것이다.

"신호 왔습니다."

집중하던 덕규가 말했다. 문수가 현관에서 사인을 보내왔다.

딸깍!

덕규가 내려 뒷문을 열어주었다. 강토가 비로소 내렸다. 어깨를 바로 하고 앙가슴을 내밀었다. 더불어 척추 또한 반듯하게 자세를 잡았다.

"저만 따라오십시오. 자연스러운 표정 하시고요."

문수가 길을 잡았다. 그는 직원처럼 태연하게 엘리베이터에 올라 22층에서 내렸다. 강당이다.

"기자입니다!"

문수는 직원들을 향해 신분증을 내밀었다. 강토는 그 옆에서 함께 강당에 들어섰다. 안은 기자회견이 한창이었다.

"이거 예정에 없던 거 아냐?"

강당 뒤에서 강토가 물었다.

"맞습니다."

"그런데 왜?"

"정보를 훑다 보니 이 회견이 연관이 있을 것 같아서요. 어차피 기다리는 시간 아닙니까? 공부해서 남 줄 거 없지요."

문수가 웃었다.

"기자 신분증은 어디서 났어?"

"이거요? 전에 정정련 간사할 때 주은 겁니다."

"응?"

"몇 번 만나던 기자가 제가 진상 떨 때 실랑이하다 흘리고 갔더군요. 술김에 주워두었는데 정정련 그만두고 나니 전해줄

기회도 마땅치 않아서… 오늘 제대로 써먹었죠?"

문수가 웃었다. 할 말이 없다. 그사이에도 강당의 기자회견은 계속 진행되고 있었다. 회견장에서 마이크를 잡은 사람은 송 부사장이었다.

"대륙의 실수에서 이제는 대륙의 역습이군요. 반달의 대응 전략을 밝혀주십시오!"

앞줄의 여기자가 질문을 던지고 있다. 회의장은 훌쩍 달아올라 용광로를 방불케 했다.

"말 그대로 특허 전쟁이죠. 더불어 습격입니다. 어느 정도는 짐작하던 일이라 큰 우려는 않으셔도 됩니다."

"중국의 특허가 대한민국 수준에 올라온 겁니까?"

이번에는 남자 기자였다. 그러자 문수가 기자증을 강토 코앞에 내밀었다.

"바로 저 기자가 이 신분증 주인입니다."

그사이에 송 부사장의 답변이 마이크를 타고 흘러나왔다.

"숫자만으로 본다면 작년 중국의 국제 특허는 우리의 세 배에 가깝고 미국보다도 1,400여 건이 많을 정도입니다. 이제 특허에서도 중국은 인해전술을 쓰고 있다고 봐야죠."

"단순히 인해전술입니까, 아니면 퀄리티도 높은 겁니까?"

"둘 다라고 봅시다. 오늘 발표는 여기까지 하겠습니다."

송 부사장이 회견 종료를 알렸다. 몇몇 질문이 꼬리를 물었지만 송 부사장은 돌아보지 않았다. 굉장한 추진력이 엿보이는 사람이었다.

"나가시죠. 의뢰자를 만날 시간입니다."

문수가 문을 가리켰다.

"그렇지. 미래의 의뢰자."

강토가 맞장구를 쳤다. 청와대가 정치의 정상이라면 반달은 기업의 정상. 그러나 세상은 뜻대로 되는 게 아니니 복도는 이미 아수라장을 이루고 있었다. 친분이 있는 기자들과 직원들이 송 부사장을 두고 밀고 밀치며 벽을 만든 것이다.

"젠장, 늦었습니다. 음식점으로 가야겠는데요?"

"잠깐."

"예?"

"여기 의무실 있겠지?"

"그야 물론……."

"위치 좀 알아봐."

지시를 하는 동시에 강토는 직원들 너머의 송 부사장을 바라보았다. 그는 장벽처럼 보였다. 사방이 소란스럽지만 표정 하나 변하지 않는 모습이다.

'잠시 실례…….'

그 우람한 송 부사장을 표적으로 강토의 시크릿 메즈가 작렬했다. 뇌간을 건드려 혈압을 살짝 올려놓은 것.

"윽!"

송 부사장이 이마를 짚는 모습이 보인다. 직원들이 부축하는 모습도 보였다.

"알아봤어?"

강토가 문수를 돌아보았다.

"3층에 있답니다."

"그럼 거기로 가자고."

"대표님!"

"송 부사장님, 거기로 올 거야. 의무실에서 호젓하게 상담하는 것도 괜찮지 않나?"

강토는 휘파람을 불며 먼저 돌아섰다.

의무실 앞이 술렁거리기 시작했다. 그러더니 진짜 송 부사장이 엘리베이터에서 나왔다. 이제는 그 옆에 직원 둘밖에 없었다.

"옵니다."

"나한테 맡겨."

다시 강토가 나섰다.

"송 부사장님?"

강토가 반듯한 음성으로 송 부사장을 바라보았다.

"미안합니다. 부사장님은 지금 몸이 불편하셔서……."

한 직원이 강토를 막아섰다.

"이제는 괜찮을 겁니다."

강토가 웃었다. 동시에 송 부사장의 뇌간을 원상태로 돌려놓았다.

"……?"

송 부사장이 고개를 들었다. 강토는 기다렸다는 듯이 정중하게 인사를 했다.

"누구?"

"이성표 팀장님 소개로 인사드리러 왔습니다. 삐 컨설팅 이강토라고 합니다."

"이봐요!"

다시 직원이 나섰다. 그 말을 송 부사장이 막아주었다.

"삐 컨설팅 이강토?"

"뇌파 분석 전문입니다만……."

"듣기는 했어요. 그런데 내가 지금 컨디션이 좀……."

"이제 괜찮으신 걸로 알고 있는데요?"

다시 송 부사장의 뇌 안으로 매직 뉴런을 들이친 강토는 도파민 농도를 살짝 올려주었다. 도파민 역시 행복감과 고양감을 상승시켜 주는 물질.

"……!"

이마를 짚어본 송 부사장이 환한 표정으로 강토를 바라보았다.

"설마 당신?"

"불편해 보이시길래 뇌파를 조금 맞춰드린 것뿐입니다."

강토의 시선과 송 부사장의 시선이 허공에서 만났다. 송 부사장의 눈덩이가 움찔 경련을 보였다.

빙고!

강토는 그의 다음 말을 알 것 같았다.

"이분들, 내 방으로 모시게."

송 부사장은 강토의 기대를 저버리지 않았다. 깊은 날숨을 토하며 직원에게 지시를 내린 것이다.

송 부사장의 방은 넓지 않았다. 나중에 들은 일이지만 그는 반달전자에서도 전투적인 기질이 강한 임원이었다. 그렇기에 사무실보다 현장에서 발로 뛰는 스타일이었다. 그렇기에 중국과의 첫 전면전에서 실무 책임을 맡은 그였다.

"삐 컨설팅 이강토 대표시라고요?"

소파에 자리를 잡은 송 부사장이 물었다. 독대를 위해 문수까지 물린 그였다. 안에는 송 부사장과 강토 단둘이다. 이야기하는 사이에 프린터로 자료가 들어왔다. 부사장이 그걸 뽑아 들었다.

"청와대 수석보좌관 심사 참여, 어린이 성폭행범 검거, 거기에 중국인 최면 살인자 건까지……."

서류에 시선을 꽂은 부사장이 중얼거렸다.

"……"

"하긴 이성표 팀장이 극찬할 정도면……."

다시 부사장의 시선이 강토에게 돌아왔다.

"실례지만 아직 서른 전?"

"그렇습니다."

"미혼?"

"예!"

"하핫, 이런 인물들을 두고 누가 요즘 젊은이들 재주가 없고 나약하다고 했는지 모르겠군. 안 그래요?"

"예……."

대답을 하면서도 조금은 마음에 쩔렸다. 요즘 젊은이들이 다 그런 건 아니지만 6번 뇌를 만나기 전까지 강토도 그런 범주에 있었다. 작은 일에 좌절하고 맥이 빠지는…….

"중국인 최면 살인자 어땠어요?"

"뭘 의미하시는 건지……?"

"대륙 말입니다. 사람이 많다 보니 인물도 많지요. 그 최면 살인 건 짐작하고 있었나요?"

"전혀 몰랐습니다."

"전혀 모르고 부딪치니 어땠습니까?"

"두근거렸죠. 두려움과 호기심……."

"솔직하시군요."

"……."

"자료를 보니 더러 뇌파 분석이 불가능한 사람도 있다고 하는데 어느 정도 확률입니까?"

"뇌파라는 게 상대적이라 확률로 셈하기는 곤란하다고 봅니다. 잘 맞는 경우도 있고 조금 맞는 경우도, 더러는 아예 안 되는 경우도……."

"이 건은 아주 중요한 일입니다. 회사의 명운까지 걸린 건 아니지만 대륙의 첫 기습이에요. 퍼펙트하게 막아내지 않으면 전세계 경쟁사들에게 빌미가 될 수 있죠. 반달전자, 이거 별거 아니네. 건드려도 되겠다. 무슨 뜻인지 아시죠?"

송 부사장의 눈빛은 아주 진지했다. 강토를 빨아들일 것 같왔다.

"예."

"그래서 저들의 전의를 박살 낼 수 있는 전략을 추진하고 있고, 저들이 재판을 걸어온 곳이 미국이다 보니 미국 현지 상황에 맞춘 전문가를 물색하고 있는 중입니다. 배심원의 성향, 변호사들의 속내… 그런 거 알고 시작하면 큰 도움이 되지요. 변호사 중에도 이중 스파이 변호사가 있거든요. 우리 수임을 받지만 사실은 저쪽 일을 하는……"

"예……"

"물론 한국 쪽에서 다양한 인재들을 만나 의견을 수렴했는데… 그중에서 이성표 팀장이 이 대표 추천을 해온 거죠. 당신이라면 다른 수고할 필요 없이 딱 한 방으로 끝내줄 거라고."

"……"

"한 가지만 묻죠. 블루 라이프 입찰에서 나온 9,500원."

"……"

"당신이 상대의 마음에서 읽어낸 거라던데 확실한가요?"

"예."

"어린이 성폭행범 역시 그 아이의 뇌파로 범인을 읽어낸 것?"

"예."

"어떻게 하는 겁니까? 영화나 드라마처럼 사람을 의자에 앉혀놓고 줄 같은 걸 흔들며?"

"그건 그냥 영화입니다. 저는 격식이 필요하지 않습니다."

"원거리도 되나요?"

"몇 미터까지는 가능합니다."

"대단하군요. 그럼 내 마음부터 좀 읽어보시겠습니까? 나는 이 대표와 계약을 할까요, 안 할까요?"

송 부사장이 잔잔한 미소를 머금은 채 강토를 바라보았다.

＊　　　＊　　　＊

계약!

할까, 말까?

부사장은 여유로웠지만 강토는 분주했다. 부사장의 미소를 소리 없이 넘어선 매직 뉴런이 그의 해마에 도착해 있었던 것이다.

단기 기억!

그것을 보관하는 은행은 해마다. 대뇌겉질을 아래로 돌아 관자 옆 안쪽에 자리를 잡고 있다. 결코 작지 않은 부위이다. 해마의 헤드는 편도의 뒤쪽과 맞닿아 있고 관자뿔 천장 앞을 형성한다. 몸통은 관자뿔의 중앙을 따라 뻗어 나가며 꼬리로 갈수록 얇아지는 형태를 가지고 있다.

어떻게 보면 초등학교 채점표의 동그라미 체크표를 닮은 모습. 쌍끌이선의 그물망처럼 잔챙이들까지 알뜰하게 더듬으며 지나갔다.

이 해마만 장악해도 엄청난 재앙을 내릴 수 있다. 평균 수명 100세 시대의 대한민국. 이제는 흔하게 듣고 있는 알츠하이머

성 치매가 여기서 기인한다. 간질도 해마를 통한다. 조금 더 어려운 클루버—버시 증후군(Kluver—bucy syndrome)도 해마에 관계한다.

'클루버—버시 증후군'에 걸리면 재미난 상황이 발생한다. 우선 공포와 분노 반응의 상실을 들 수 있다. 성욕과 식욕의 이상항진 증세도 보인다. 기억력 상실 또한 해마 이상에서 비롯되는 재앙이다.

강토에 대한 송 부사장의 기억.

당장은 그것만을 키워드로 탐색했다. 파릇 싱싱한 해마의 기억 서랍이 좌르르 열렸다.

〈이강토 대표〉

당연히 있었다.

—이강토라…….

—신성이군.

—다행이야. 우리나라에도 이런 신묘한 젊은이가 있다니.

기억은 거기까지였다. 나머지는 이제 기억이 되고 있는 중이었다. 주변 시냅스들의 돌기가 분주한 게 증거였다. 더는 뒤져 보지 않았다. 의뢰자에 대한 예의였다.

"저와 계약할 것으로 봅니다."

강토가 대답했다.

"이유를 한 가지만 대줄 수 있나요?"

"한국에도 저처럼 기묘한 재주를 가진 젊은이가 있다는 사실에 대해 뿌듯해하고 계시니까요."

"……?"

"……!"

"조금 더 할까요?"

"그래 보시오."

송 부사장이 소파에 등을 기댔다. 일단은 강토의 능력을 확인한 송 부사장. 이제는 느긋한 표정이다. 강토는 온화한 미소를 머금었다. 그러나 그 눈동자의 기세는 들불처럼 일어나 활화산처럼 끓고 있었다. 그가 작렬한 시크릿 메즈. 이제 송 부사장의 대뇌피질 속으로 약진하는 중이다.

강토의 능력에 대한 호감.

그 호감의 기억은 어디에서 비롯된 걸까?

몇 가지 유사한 단어들을 탐색어로 하여 검색 엔진을 돌렸다.

〈텔레파시〉

〈초능력〉

〈기공〉

〈차력〉

마지막은 당연히 〈최면술〉이었다.

기억이 많았다. 그런 쪽에 조예가 깊은 사람이었다. 중국의 소림사도 나왔다. 그곳에서 며칠 묵으며 기공 수련회에 참가하기도 했다. 그의 직책이 부장이던 시절이다. 뉴런의 돌기에 두툼한 기억이 강력하게 남아 있었다.

공중부양!

소림사의 동자승 하나가 정말 공중부양을 선보인 것이다. 참관자는 오직 송 부사장 하나였다. 주지 스님의 배려로 송 부사장에게만 허락된 신비 공중부양을 끝낸 아이가 송 부사장에게 다가왔다. 두 손으로 원호를 그리다 송 부사장의 머리를 눌러 주었다. 송 부사장의 머리가 맑아졌다. 부사장은 그 산소 같은 기억을 인상적으로 간직하고 있었다.

조금 더 거슬러 올라갔다. 이번에는 부사장이 어릴 때의 기억이다. 소림사 동자승 또래였다. 동네에 약장사가 들어왔다. 친구들과 보러 갔다.

"애들은 가라!"

바람잡이 아저씨들은 자꾸만 부사장과 친구들을 몰아냈다. 그래도 그냥 갈 수 없었다. 차력사 때문이다. 그는 입에서 불을 토했다.

푸후우!

화아악!

정말 신기했다. 사람이 어떻게 불을 먹고 토한단 말인가? 그뿐이 아니었다. 쇠못을 이마로 박기도 했고 쇠못을 박은 송판 위를 맨발로도 걸었다. 심지어는 각목으로 머리를 빡 치기도 했다.

"악!"

부사장과 친구들이 비명을 질렀다. 하지만 빠개진 건 차력사의 머리가 아니라 각목이었다. 차력사는 손바닥의 장력으로 맥주병 바닥만 깨기도 했고 맥주병으로 머리를 얻어맞기도 했다.

그때마다 박살 나는 건 맥주병이었다.

"애들은 가라!"

그때마다 빠지지 않는 멘트였다.

집에 가서 소주병을 찾았다. 두 눈 꼭 감고 이마를 때려보았다. 빡! 이마가 깨질 뻔했다. 살구만 한 혹을 일주일이나 달고 다녔다.

이번에는 초능력 쪽이었다. 몇 해 전의 인도였다. 인도 시장을 개척하기 위해 갔던 송 부사장. 거기서 초능력 도인을 만났다. 그 또한 현지 협력사의 간부가 부사장의 취향을 알고 소개한 도인이었다.

수염이 무릎까지 내려오는 도인은 뼈뿐이었다. 그래도 눈의 광채는 압도적으로 밝았다.

"걸어보시죠!"

부사장과 마주 선 도인이 말했다.

"……!"

부사장의 얼굴이 창백해지는 게 보였다. 발이 떨어지지 않았다. 기를 써도 결과는 같았다. 도인의 조치가 있고서야 부사장은 걸을 수 있었다. 도인은 꾸벅 인사를 하고 홀연히 사라졌다.

강토는 놀랐다.

부사장의 기억 속에 살고 있는 기이한 일들에 놀랐다.

"어떻소?"

강토의 정신줄은 부사장의 목소리가 나고서야 제자리로 돌아왔다. 부사장의 뇌를 탐색한 게 아니라 부사장이 강토의 뇌를 탐색한 것 같은 기분이 들었다.

"아, 예……."

강토는 이마에 맺힌 땀을 씻어냈다.

"무리를 하신 건가?"

"아닙니다. 부사장님 기억 속에 신기한 기운이 많아서요."

"그래요?"

"애들은 가라!"

강토가 느닷없이 한마디를 던져놓았다. 부사장이 바로 반응해 왔다.

"죄송합니다. 부사장님 기억 속에서 보인 말귀입니다."

강토는 웃으며 뒷말을 이어갔다.

"공중부양을 보셨군요. 인도 쪽에선가… 거기서 초능력에 대한 체험도 하셨고……."

"……!"

이번에는 부사장의 정신줄이 격하게 흔들렸다. 그 자신이 오래전에 체험한 일, 어쩌면 직속 부하들도 잘 모르는 일을 강토가 언급한 것이다.

짝짝짝!

말 대신 박수가 나왔다. 진심으로 강토를 인정하는 박수였다.

"이 대표님!"

부사장이 말했다.

"예!"

"내가 이 대표님과 계약 운운한 것 취소합니다."

"예?"

강토가 고개를 들었다. 왜? 너무 깊이 건드린 걸까? 잠시 아뜩해지는 사이에 부사장이 다음 말을 이어놓았다.

"이 결정은 우리가 아니라 대표님이 행사하셔야 할 것 같습니다. 대표님이 갑입니다!"

"……?"

부사장의 표정은 겸허하면서도 진솔했다. 강토의 재주를 높이 평가해 준 것이다.

"부사장님!"

"감히 청하는데 계약을 허락해 주시기 바랍니다."

"저야 당연히……."

"고맙습니다."

부사장이 악수를 청해왔다. 강토가 그 손을 잡았다.

"점 같은 건 믿지 않지만 올 초 토정비결이 좋았습니다. 강북에서 은인이 올 거라더니… 혹시 대표님 거주지가 강북인가요?"

"예, 청량리……."

"과연, 과연 하늘은 스스로 돕는 자를 돕는군요. 내가 꼭 필요로 하던 능력을 가진 분을 직접 만나 도움을 받게 되었으니 천군만마를 얻은 기분입니다."

"……."

"그럼 계약을 진행해도 될까요?"

"예……."

"은 부장, 마 이사하고 법무팀장 데리고 내 방으로 와요!"

송 부사장이 인터폰에 대고 말했다.

얼떨떨할 사이도 없이 중후한 간부 셋이 들어섰다. 송 부사장 휘하의 참모들이다.

"여긴 미국 특허 소송에 대해 전반적인 도움을 주실 이강토 대표님."

부사장은 직접 강토를 소개했다. 이어진 다음 말도 믿기지 않게 강토 중심이었다.

"이분이 원하시는 조건으로 계약하고, 모든 전략과 대책은 이분과 상의한 다음에 결정해서 내게 통보하도록."

그 말은 추상과도 같았다. 세 간부가 바짝 긴장하는 게 보인다.

"미국에서의 최우선 순위도 이분 중심!"

그 말을 끝으로 부사장의 말이 끝났다.

부사장의 방을 나와 회의실로 들어갔다. 이때부터는 문수가 합류했다. 은 부장과 법무팀장은 두 명의 직원을 대동하고 자리했다. 그중 하나는 금발의 외국계 여직원이었다.

"잘 부탁드립니다!"

은 부장이 다시 인사를 해왔다. 그런 다음 서류를 내밀었다. 계약서였다. 강토는 그걸 문수에게 밀었다. 문수는 거침없이 계약서를 검토해 나갔다.

"보안이 쟁점이군요. 대표님과 저, 그리고 실무 부실장만 알도록 하겠습니다."

문수가 말했다. 은 부장은 계속 지켜만 보고 있었다.

"체류 비용은 일체 반달 측에서 제공… 저희 쪽 팀은 대표님과 저, 그리고 부실장까지 세 사람입니다."

"문제없습니다."

"계약 조건이 공백이로군요?"

"그게… 부사장님 지시로는 무조건 30억을 드리라고 했습니다만……."

'응?'

강토가 고개를 들었다. 30억?

"적습니까?"

은 부장이 물었다.

"아니, 그보다……."

"실무자인 제 생각에는 이렇게 가는 게 어떨까 싶습니다만……."

은 부장이 강토를 바라보았다. 이때까지도 강토는 사실 어안이 벙벙해 있었다. 3억도 아니고 30억이다. 아무리 반달전자라지만 30억이라니?

"말씀해 보시죠."

문수가 차분하게 말을 받았다.

"한 팀장님."

그러자 은 부장이 법무팀장에게 공을 넘겼다.

"이 특허 재판의 쟁점은 상대방 변호사와 우리 측 변호사, 그리고 배심원들입니다."

법무팀장이 앞으로 나서며 설명을 이었다.

"지난번에 이중 스파이 변호사를 잘못 고용해서 독박을 쓴 적이 있거든요. 해서 일단 우리 측 변호사들의 진심을 캐치하는 게 우선이고… 다음으로 배심원들입니다. 우리나라와 달리 미국의 재판에서는 배심원들이 절대적이니까요."

"……"

"물론 배심원은 좀 어렵습니다. 이 대표께서 변호사가 아니다 보니 현실적으로 만날 수 있는 기회를 만드는 것부터가 쉽지 않죠."

"……"

"어쨌든 부사장님 말은 이 대표님이 그걸 해주실 수 있을 거라고……"

'배심원……'

강토의 목으로 침이 넘어갔다. 처음 듣는 말은 아니다. 미국에서는 완전하게 정착된 배심원 제도. 그러나 그 역시 말로 듣거나 영화에서 두어 번 본 것이 전부인 강토였다.

"쉬운 일은 아니지만 배심원들의 성향이나 속마음을 알아내선택할 수 있다면 절대적입니다. 앞서 말한 변호사 본심 체크와 배심원 성향까지 맞히면 대책 수립에 유리하고 우리가 일방적으로 이길 수도 있습니다. 나아가 전략의 수위를 잘 조절하면저쪽을 개박살 낼 수도 있지요. 물론 희망 사항입니다만……"

"그래서 말씀인데……"

다시 은 부장이 말을 이어받았다.

"이렇게 계약했으면 싶습니다. 결과에 상관없이 보장금으로 20억, 이건 계약과 동시에 지급해 드리겠습니다. 그리고 성공 보수금… 그러니까 이 대표께서 우리 법무팀장님이 설명한 사안에 대해 적절한 분석을 제공하신다면 성공 보수금으로 30억을 더 드리는 것으로……."

"……?"

"부사장님이 어떻게든 이 대표님과 계약을 하라고 하셨기에 이렇게 하면 상호 동기 부여도 되고 성공 시에 대표님께 돌아갈 보장 액수도 커질 것 같아 제안을 드립니다."

"어쩔까요?"

문수가 강토를 돌아보았다.

미국 땅에서의 중국과의 특허 혈투. 생각만 해도 심장이 쫄깃해지는 일이다. 강토는 돈이 문제가 아니라 마땅히 도전해 보고 싶었다. 그런데 걸리는 게 있었다. 미국 땅이다. 그러니까 배심원도 미국 사람이라는 뜻.

'읽힐까?'

외국인의 뇌 중 중국인의 뇌는 읽어보았다. 그러나 서양인은 아직이다.

"저기… 혹시 저 직원 국적이 어떻게 되나요?"

강토가 금발 여직원을 바라보았다.

"미국에서 태어나 캐나다에서 자랐습니다만."

여직원이 웃으며 대답했다. 한국 발음이 나쁘지 않았다.

"한국에는 언제 왔죠?"

"대학 때 교환학생으로 와서 반달전자에 취업했어요. 한국은 제가 좋아하는 나라거든요."

여직원이 방긋 웃었다.

벌컥벌컥!

강토는 물 잔을 들고 마셨다. 평소 같으면 득달처럼 시크릿 메즈를 퍼부었을 일이다. 하지만 사안이 사안이다 보니 다소 긴장되는 건 어쩔 수가 없었다.

'까짓것!'

물이 목을 타고 내려가자 긴장이 사라졌다. 강토는 생글거리는 여직원의 푸른 눈을 타고 매직 뉴런을 퍼부었다.

뉴런은 거침없이 뇌를 파고들었다. 전전두엽을 지나 전뇌, 중뇌, 소뇌, 그리고 대뇌피질까지……

'비밀 오픈.'

명령을 따라 최근의 비밀이 열렸다. 엊그제의 일이다. 그녀의 비밀은 생리였다. 중요 브리핑 중에 마법의 순간을 맞이한 것이다. 예정보다 3일이나 빠른 소식이었다. 더구나 하얀 바지. 예정된 시간보다 10분 일찍 브리핑을 마치고 탈의실로 달려갔다. 붉은 꽃이 번져 나오고 있었다. 다행히 젖은 면적은 적었다. 본 사람은 없었지만 자칫 일생일대의 난감한 장면이 될 뻔했다.

'나이스!'

먹혔다.

하지만 기뻐하지 않았다.

〈그녀가 가장 좋아하는 것〉

차분하게 다른 검색어를 넣었다. 매직 뉴런들이 움직이기 시작했다.

〈비빔밥〉

결과가 나왔다. 그제야 만족스러운 표정이 되는 이강토.

"OK!"

강토가 시원하게 소리쳤다.

＊　　　　＊　　　　＊

"그 조건으로 하겠습니다."

강토의 답이 나오자 문수가 은 부장에게 배팅을 했다. 금액은 20억 플러스 30억으로 결정되었다. 계약서 사인은 강토가 했다.

2,000,000,000원!

3,000,000,000원!

동그라미가 강토 앞에서 동글동글 돌았다. 성공하면 한 방에 50억을 거둘 수 있는 일이다.

"이건 배심원 제도에 대한 자료입니다. 기타 애플과 마이크로소프트 등의 특허 소송을 담은 자료도 있으니 참고하시면 될 것 같습니다."

은 부장이 USB를 내밀었다.

"그럼 스케줄 잡히는 대로 연락드리겠습니다만 아마 열흘 안 팎으로 장도에 오를 것 같습니다. 그래야 현지 팀들과 호흡을 맞출 수 있을 테니까요."

"알겠습니다."

"그 안에 한두 번 미팅이 필요할지도 모릅니다만⋯⋯."

"문제없습니다."

"그럼 잘 부탁드립니다!"

은 부장은 끝까지 깍듯했다.

"이 대표!"

계약을 끝내자 송 부사장이 들어와 강토 앞에 섰다.

"예!"

"이제 우린 한 배에 탔습니다."

"⋯⋯."

"든든한 힘이 되어주길 기대합니다."

"⋯⋯."

"우리가 할 일은 한 가지, 위너가 되는 겁니다. 그러나 저들 은 우리보다 먼저 저쪽 법률 시장을 선점하고 기습 시기를 기 다리고 있었습니다."

"⋯⋯."

"사실 그동안 저들은 여러 루트를 통해 물밑 협상을 제의해 왔습니다. 하지만 그 요구가 터무니없어 거절했지요."

"⋯⋯."

"주지할 사실은 저들은 이미 미국 유수한 기업들의 지갑을 털어왔다는 겁니다. 미국 기업들과의 물밑 협상에서 승리하자 자신감을 얻어 타깃을 우리로 바꾼 것이지요. 저들 말에 의하면 저들은 이미 지적재산권의 핵우산을 만들었다는 자평입니다."

"……."

"그러나 우리는 미국과 다릅니다. 애플과 마이크로소프트 등은 미국의 기업이지만 미국에는 그만한 수준의 기업이 많지요. 우리는 아닙니다. 여기서 지면 기술 한국의 미래는 없습니다. 저들의 소송가액이 수조 원인 것도 그렇지만 첫 사냥에서 먹히면 온갖 빌미의 소송이 줄을 이을 테니까요."

부사장은 비장했다. 청와대에서도 느끼지 못한 결연함이다.

"최선을 다하겠습니다."

"최선 가지고는 안 되고, 당신의 모든 것을 걸어주세요."

"그러죠. 기꺼이!"

강토는 부사장이 내민 손을 잡았다. 그의 비장미가 고스란히 건너왔다. 그걸 마음에 안고 돌아섰다. 굉장한 역사를 이룬 순간이었다.

강토와 문수는 주차장으로 나왔다. 조수석 문을 문수가 열어주었다. 강토는 조수석에 올랐다. 문수도 곧 운전석으로 탑승했다.

"대표님."

문수가 앞을 보며 물었다.

"왜?"

"배포에 놀랐습니다. 50억 배팅이시라니."

"그거 방 실장이 한 거 아니야?"

"예? 대표님이 OK하셨잖아요?"

"내가 언제?"

"아까요? 분명 OK라고……."

"응? 그건 외국인 여직원 뇌파 독심했다는 소리였어."

"그럼 제가 오해를?"

"그래. 난 방 실장이 배포 좋다고 생각하고 있는데?"

"으아, 그게 그렇게 된 거였습니까?"

"그러니까 방 실장은 내가 OK한 줄 알고?"

"당연하죠. 몇 천억 컨설팅에는 참가해 봤지만 내 손으로 50억을 먹을 수 있는 서류를 만진 거 처음이거든요."

"가서 물릴까?"

강토가 실눈으로 문수를 바라보았다.

"무슨 말씀이세요? 기왕에 하는 거, 50억 먹으면 되죠. 안 돼도 20억은 확보된 거잖아요."

"그렇지?"

"계약서 좀 보여주세요."

문수는 다시 계약서를 펴 들었다.

"으아, 일, 십, 백, 천……."

"몇 천 억짜리 컨설팅에도 나섰다면서 그렇게 좋냐?"

"당연하죠. 그때는 단순한 멤버였지만 이 계약은 제가 전적으로 대표님을 보좌했잖아요."

"나도 방 실장이 옆에 있어서 든든했어."

"말씀이라도 고맙습니다."

"진심!"

"저도 진심입니다."

두 남자의 뜨거운 눈빛이 허공에서 부딪쳤다.

"기왕 저지르고 나온 거, 어디 가서 식사나 하자고. 갑자기 배가 고파지네."

"황 부실장, 세경 씨 다 부를까요?"

"물론이지. 아마 놀라 자빠지느라 먹지도 못하겠지만."

"그럼 이태원 어때요? 미국 애들 많이 오는 곳으로 가서 분위기 좀 내죠?"

"좋지!"

"황 부실장, 난데 말이야……."

전화를 집어 든 문수는 소리를 높여 통화했다. 그사이에 강토는 계약서를 바라보았다.

2,000,000,000원.

3,000,000,000원.

보고 또 봐도 기분이 좋았다.

"우워어어, 반달전자 일에 참여하게 되었다고요?"

유럽풍의 레스토랑으로 달려온 덕규는 비명부터 질러댔다.

"어머머!"

놀라기는 세경이도 다르지 않았다.

반달전자!

많은 젊은이들이 입사하기를 희망하는 곳. 이런저런 공과가 많지만 세계적인 기업이라는 데는 이견이 있을 리 없었다. 반달전자의 의뢰를 받았다는 사실만으로도 컨설팅 업체에게는 업적이 될 수 있는 일이었다.

"모든 게 그렇지만 이 일은 절대 보안이야."

문수가 일어나 들뜬 두 사람의 가슴에 일침을 놓았다.

"알겠습니다."

덕규가 근엄한 표정을 지으며 대답했다.

"세경 씨도."

"네!"

"자, 그럼 이제 축하의 식사 주문을 해볼까요?"

문수의 목소리가 싹싹하게 바뀌었다. 덕규의 굳은 미간이 그제야 부드럽게 풀렸다.

"난 송아지 안심 스테이크!"

"저는 라타투이요!"

덕규와 세경이 먼저 소리쳤다.

"아, 진짜, 대표님도 아직 안 골랐는데……."

문수가 둘에게 핀잔 폭격을 날렸다.

"괜찮아. 밥 먹을 때는 격식 따지지 말자고. 황 실장 쟤는 나랑 벙커에 있을 때 저 혼자 먹을 때도 있어요."

강토가 말했다.

"아, 대표님은… 그거야 대표님이 어떻게 될까 내가 먼저 시식하는 거죠. 시식 황 상궁!"

"상궁이면 내가 해야 하는 거 아니에요? 혹시 내시라면 몰라도?"

덕규의 변명에 세경이 개그를 보태 분위기를 띄웠다.

식사가 나왔다. 와인도 한 병 시켰다. 누구보다 세경이 좋아했다.

"건배도 미국식으로?"

강토가 일동을 바라보았다.

"오케바리요!"

덕규가 영어를 섞어 대답했다.

"Cheers!"

강토가 선창을 했다.

"Cheers!"

문수와 세경이 따라 했다.

"취했쓰!"

덕규의 건배사는 좀 달랐다.

"이거 말고 다른 것도 있던데?"

와인을 한 모금 넘긴 강토가 문수를 바라보았다.

"영어권에서 주로 쓰는 게 몇 가지 있습니다. Bottom up, toast, to our happiness 등이 대표적이죠."

"그럼 건배합시다는요?"

덕규가 물었다.

"Glasses have been distributed to everyone. when all are ready, we shall call for a cheers!"

문수의 혀가 버터 먹은 따발총처럼 좌르륵 굴러갔다. 입을 쩍 벌리고 있던 덕규, 한참 후에야 한마디를 토해놓았다.

"에이씨, 괜히 물었네. 좀 짧은 걸로 하시지."

"왜? 영어 싫어?"

문수가 덕규의 등을 토닥이며 물었다.

"생리에 안 맞아요. 배우면 잊어먹고 외우면 도망가고……."

"그럼 미국에는 못 가겠네?"

"아, 국내도 좋은 데 많은데 뭣 하러 미국을… 응?"

멋대로 지껄이던 덕규. 뭔가 이상한 걸 느꼈는지 우물거리던 고기 저작을 멈췄다.

"형, 아니, 대표님, 뭐 있지?"

바로 강토를 바라보는 덕규.

"글쎄, 뭐가 있더라도 방 실장 재량이겠지?"

"실장님!"

이번에는 시선을 문수에게 돌리는 덕규.

"영어 질색이라며? 미국 가면 다 영어인데 어떻게 가겠어? 영어 알러지로 죽을지도 모르는데."

"아, 쫌… 그러지 말고 속 시원하게 말 좀 해봐요."

"말할까요?"

문수가 강토를 바라보았다.

"그래야 할 거 같네. 저 성질머리에 답답증 걸리면 먹다 체할지도 모르거든."

강토가 대답했다.

"황 부실장!"

명을 받은 문수가 덕규를 바라보았다.

"예? 예……."

"여권이 영어로 뭐야?"

"여권? 그 뭐더라… 빠쓰포뜨?"

"그거 만들어."

"예?"

"대표님 모시고 미국 가게 됐어. 반달전자 컨설팅 일로 말이
야."

"으악, 정말입니까?"

덕규가 버럭 소리쳤다.

"쉿, 일급 보안!"

"쉿, 쉿!"

덕규도 문수를 따라 제 입을 손가락으로 막았다.

"세경 씨는 사무실 근무야. 사무실에서 우리 지원할 준비 갖
추고 외국 출장은 다음 기회에 보자고."

문수는 세경을 위로하는 것도 잊지 않았다.

"싫어요. 저도 따라갈래요. 세 남자를 누가 다 챙기겠어요?
라고 말하면 안 되겠죠? 코리아는 내가 지킬 테니까 아메리카
는 세 분이 접수하고 오세요."

세경은 쿨하게 자신의 역할을 감당해 주었다.

좋은 자리였다. 비슷한 연배라 감정도 크게 다르지 않았다. 웃음소리를 따라 실내 테이블도 채워져 갔다. 그러다 강토네 옆자리가 막막해졌다. 한때는 날씬했을 수도 있는 배둘레햄 서양 중장년 여성 둘이 장벽처럼 자리를 잡았다. 배 둘레는 정말이지 어마어마했다. 사람이 아니라 드럼통을 앉힌 분위기였다.

"What would you like?"

그래도 영어는 술술 나왔다. 덕규의 콩글리시가 아니라 문수가 보여준 그런 영어였다.

'배심원……'

오면서 대충 본 배심원 생각이 났다.

배심원 재판은 미국 헌법에 의해 보장되고 있었다. 한국과는 달리 미국에서 배심원들의 평결이 미치는 영향은 가히 절대적이었다. 미국 시민권자의 3대 의무에 들기도 했다.

투표권, 납세권, 배심원의 의무가 그것이다.

배심원은 미국 시민권자로 18세 이상이다. 형사법 재판에서는 12명의 배심원이 필요하고 민사에서도 적어도 6명을 필요로 한다.

선정 방법도 흥미로웠다. 일단 선거인 명부에서 40명 정도의 이름을 추린다. 그런 다음 소송 당사자와 이해관계자, 질병자 등의 특별한 사유가 있는 사람을 제외하고 20명의 예비 명단을 양측 변호사에게 전달한다. 명단을 받은 변호사는 배심원의 나이, 직업, 취미, 학력, 인종, 종교 등의 모든 조건을 고려해 자기에게 이익이 될 사람을 고른다.

이 과정에서 자기에게 불리한 평결을 내릴 가능성이 있다고 보이는 배심원 4명을 제외한다. 양쪽에서 4명을 제외함으로써 남은 12명이 배심원으로 확정된다. 변호사 간의 합의에 따라 숫자는 12명 이하로 할 수도 있다.

문제는 배심원들과의 사전 접촉이 어렵다는 것. 강토가 변호사라면 일은 어렵지 않았다. 배심원 심사 때 강토가 알아서 추리면 될 일. 반달전자 쪽에서 어떻게든 기회를 만들겠다고 했지만 난제임은 분명했다.

'만약 12명의 배심원이 있다면……'

저렇게 뚱뚱한 중년 여성도 있겠지.

저렇게 뚱뚱한 여성.

부담 백 배였다. 더구나 미국은 알아주는 비만의 나라. 기회가 왔을 때 한번 체크해 보는 것도 나쁘지 않을 것 같았다. 그러기에도 맞춤한 장소였다.

'매직 뉴런 출격!'

선홍빛 스테이크를 씹으며 중년 여성의 눈을 조준했다. 매직 뉴런들이 빗살처럼 부드럽게 날아갔다.

—뇌!

—서양인의 뇌.

—비만 중년 여성의 뇌.

비만이라고 해서 뇌까지 비만은 아니었다. 다행이었다. 비만으로 뉴런 반응이 느려진다면? 살을 빼가며 기억을 가져올 재주는 강토에게 없었다.

'당신의 최근 비밀.'

"······!"

말하기 무섭게 비밀이 나왔지만 강토는 고개를 숙였다. 장년의 여성은 요실금증이 있었다. 오늘따라 조금 심해 팬티를 적시고 말았다. 화장실에서 해결했지만 장년이라고 해도 그녀는 여성이었다.

'쏘리!'

강토는 진심으로 미안함을 표했다.

'가장 좋아하는 사람!'

다음으로 간단한 기억 검색에 들어갔다. 미국 중장년 여성들은 어떨까? 바람을 피울까? 가족에 대한 애정은 어떨까? 장년 여성의 뉴런들이 꿈틀거리기 시작했다. 가지를 뻗어 매직 뉴런과 반응했다. 오래지 않아 장년 여성이 좋아하는 사람의 기억이 열렸다.

아이였다. 나이는 네 살, 이름은 토미.

금발의 사내아이는 장년여성의 품에서 재롱을 떨었다.

'남편.'

이번에는 다른 걸 넣었다. 첫 기억은 관이 나왔다. 그 뒤로 남편의 생전 모습이 이어졌다. 그녀와 많이 다투고 많이 싸웠다. 썩 사이가 좋은 부부는 아니었던 모양이다.

이번에는 다른 사람을 노렸다. 외국인은 많았다. 남자도 해보고 아가씨도 해보았다. 문제는 없었다. 강토는 비로소 짱짱한 긴장감을 떨쳐 버렸다.

'후우!'

안도의 숨이 나왔다.

'후우!'

다른 한숨도 보태졌다. 무리를 한 건지 머리가 아뜩해진 것이다. 물을 마시고 겨우 정신을 차렸다. 주변은 영어투성이가 되어 있었다. R 발음이 제대로 날아다녔다. 그걸 듣자니 다시 두통이 느껴졌다. 영어에 문외한은 아니지만 원어민을 만나면 늘 기가 죽는 느낌. 그때마다 드는 생각이 있었다.

'아, 한글이 세계 공통어가 되었다면…….'

인간의 욕심은 끝이 없다. 50억 계약을 하고서 이제는 한글이 세계 공통어가 되기를 바라는 강토였다.

제5장
승부 조작자들

아침.

훤하게 밝아진 창문을 보며 잠에서 깨었다. 그런데 아직도 비몽사몽일까? 소곤소곤 영어가 들려왔다. 귀를 기울였다. 좀 이상했다. 발음이 영 아닌 것이다.

"What is your nationality?"

"I am from Korea."

"What is the purpose of your trip?"

"For business."

"Do you have return ticket?"

누굴까? 안 봐도 뻔한 발음. 바로 덕규였다. 언제 일어났는지 거울 앞에서 팬티만 입은 차림으로 진땀을 흘리고 있었다.

"Show me your immigration card."

강토가 슬쩍 끼어들었다.

"쑈 미 유어… 형!"

덕규는 재빨리 영어 회화책을 감추었다.

"이리 줘봐."

"아, 왜?"

"줘보라고."

"아씨, 쪽팔리게……."

덕규가 책을 내밀었다. 작은 핸드북이다.

"샀냐?"

"아니."

"그럼?"

"방 실장님이……."

"방 실장?"

"출국할 때까지 다 안 외우면 안 데리고 간다고……."

"푸하하핫!"

강토는 배를 잡고 웃고 말았다. 과연 문수다운 처방이었다.

"아, 왜 웃어? 남은 머리 지진 나서 죽겠구만."

"그 정도도 모르냐?"

"형하고 같아? 내가 영어 잘하면 전문대 안 갔지."

덕규의 입술 길이가 댓 발이다.

"그럼 어디 갔을 건데?"

"하버드!"

"까분다."

"쳇, 나는 뭐 하버드 가면 안 돼?"

응?

맞는 말이었다. 덕규라고 하버드 가면 안 된다는 법은 지구 어디에도 없었다.

"외울 만하냐?"

"형!"

강토가 묻자 느닷없이 안겨드는 덕규. 강토를 올려보며 측은 막심한 표정을 지었다.

"왜? 방 실장 조져서 그거 안 외우게 해달라고?"

"응······."

"그 말 방 실장에게 전해줄까?"

"안 돼. 누구 죽는 꼴 볼 일 있어?"

덕규는 사생결단으로 손사래를 쳤다.

"방 실장이 그렇게 무섭냐?"

"무섭다기보다··· 틀린 말은 안 하니까. 진짜 인간이 아니야."

"그럼 공부해야지. 인간도 아닌 사람을 내가 어떻게 이기냐?"

강토가 회화책을 건네주었다.

"아, 진짜··· 미국 놈들은 왜 영어를 써가지고. 그리고 이런 거 꼭 해야 돼? 동시 통역기 사가면 되잖아. 요즘 그런 기계가 얼마나 좋은데?"

"그 말도 방 실장에게?"

"됐거든요. 공부하면 되잖아요!"

덕규의 절규를 들으며 강토도 사전을 열었다.

영어.

한때는 좋아했었다. 아버지를 따라 캄보디아를 들락거릴 때도 나이는 어렸지만 기본 회화는 어느 정도 했다. 덕분에 입국 심사관들 귀염도 받았다. 하지만 손을 놓는 순간 시속 1,000킬로미터의 속도로 멀어지는 게 영어였다.

'나도 다시 해야겠는걸.'

덕규의 책을 보니 잊은 게 많았다. 장기 기억으로 간직하지 못한 것. 반복이 멈춘 것이다.

딩당도로롱당!

강토가 양치를 할 때 덕규의 전화가 울렸다.

"어, 엄마?"

덕규의 마더인 모양이다. 덕규는 강토의 눈치를 보더니 방탄 철문을 열고 벙커를 나갔다. 그리고 잠시 후에 청량리를 울리는 외침이 지하로 내려왔다.

"진짜라니까! 나 미국 가! 강토 형이랑 같이 출장 간다니까, 출짱!"

출짱!

힘주어 말하는 덕규의 목소리에 자랑이 가득 묻어 있다. 듣는 강토도 기분이 나쁘지 않았다.

"Go, sir?"

간단한 식사 후에 차를 댄 덕규가 운전석에서 물었다. 강토는 조수석, 뒷좌석에는 세경이 탑승했다.

"오, 우리 황 부실장님, 영어 공부 많이 했나 보네?"

세경이 의자 사이로 고개를 내밀며 물었다.

"OK!"

덕규가 목에 힘을 주었다. 세경이는 자세한 걸 모르니까.

"오케이가 그때 쓰는 영어야?"

"Yes!"

"그럼 대표님은 영어로 뭐야?"

"Cap jjang?"

"뭐? 어유, 이 엉터리. 다른 건 뭐 알아?"

"아륀지? 미역? 스따이얼? 애쁠? 맨하흔?"

맨해튼 발음을 흉내 낸 덕규의 표정은 개그맨보다 더 개그맨 같은 얼굴이다.

"장난해?"

"아, 그럼 하루 사이에 뭘 바라? 이만하면 된 거 아니야?"

결국 덕규가 하소연 섞인 짜증을 터뜨렸다.

"덕규, 혀 꼬다 죽겠다. 그만하자."

수습은 강토가 했다. 덕규가 유창한 영어로 고마움을 표해 왔다.

"땡큐!"

발음도 좋았다. 오케이, 노와 더불어 덕규가 유창하게 구사 하는 유일한 영어.

출근길에 여권 사진을 찍었다. 강토도 마찬가지다. 그사이에 여권의 유효기간이 만료된 것이다. 비자는 반달전자 쪽에서 일괄 진행하기로 했다.

"이거 포샵 팍팍 해주세요. 입국심사대에 금발 여직원 있으면 빽 가게."

사진관에서 덕규가 넉살을 떨었다.

"여권 사진은 포샵하면 빠꾸예요."

주인이 대답했다. 힘이 잔뜩 들어갔던 덕규 어깨가 부실공사를 한 것처럼 와르르 무너졌다.

바빴다.

문수가 뽑아놓은 반달전자 자료도 많았다. 의뢰가 의뢰이다 보니 소홀할 수도 없었다. 한국 같으면 미리미리 대처라도 하련만 머나먼 미국이니 예행연습도 할 수 없었다.

하지만 누구도 문수만큼 바쁘지는 않았다. 그러면서도 티내지 않고 척척 해내는 방문수. 강토에게는 정말 보배 같은 존재였다.

오전 상담과 의뢰 계약을 끝낸 문수가 회의를 요청했다. 넷이 회의실에 모였다.

"황 부실장부터 업무 보고해."

문수가 덕규를 지명했다.

"나? 나요? 영어 공부하느라고 다 정리 못 했는데……."

"지금 그걸 말이라고 해?"

"……"

"정신 어디다 놓고 다니는 거야? 영어는 영어고 업무는 업무지. 요즘 밀려드는 의뢰 업무 때문에 시간 분배와 효율적인 대처가 필요한 시점이라는 거 몰라? 들뜨지 말고 주어진 일들부터 하나하나!"

"하면 되잖아요."

덕규가 또 볼멘소리를 터뜨렸다.

"은재구 의원 동향도 안 나왔어?"

"그 양반은 아직 귀국할 때 아니잖아요?"

"일정 변경이라는 것도 있는 거야. 나날이 체크해야지."

"……."

"정정련 관련 의원들 동선 체크는?"

"조금 남았어요."

"뭐야?"

대답이 시답지 않자 문수의 눈길이 매워졌다.

"당장 나가서 오늘 안에 체크 끝내."

"아, 그게 뜻대로 돼요? 지체 높으신 의원 나리들이라 지방으로 뛰고 외국으로 뛰고… 어떨 때는 술집에서 뒤로도 튀고, 골프장에서도 옆으로 새고……."

"그러니까 체크하라는 거잖아?"

문수가 덕규를 닦아세웠다. 울상이 된 덕규가 강토를 돌아보았다. 강토는 덕규의 호소를 외면했다. 문수가 틀린 데가 없는 것이다.

"오늘 중으로 마무리해서 보고하고, 인력 필요하면 요청해.

세경 씨는 내가 말한 자료 들어오는 대로 정리해서 내 이메일
에다 쏘고."

"그러죠."

"그럼 나가서 일들 봐."

문수가 문을 가리켰다. 덕규와 세경이 회의실을 나갔다.

"죄송합니다. 목소리 높여서."

"아니야. 잘하던데 뭘."

"황 부실장이 많이 좋아졌지만 대표님 수준에 맞추려면 아
직도 경쟁력이 부족합니다. 게다가 반달전자 일로 출국하기 전
에 정정련 일을 어느 정도 진행하고 가야 하니까⋯⋯."

"그건 내 생각도 같아."

"그리고 사람을 하나 더 붙여줘야 할 것 같습니다."

"오케이. 3각 회동은 오늘 저녁인가?"

"8시에 삼청동 음식점으로 정해놓았습니다."

"그사이에 할 일도 정해났겠지?"

"죄송합니다."

"됐어. 뭐였지? 이런저런 의뢰 건이 많다 보니 기억이⋯⋯."

"남의 기억만 읽지 마시고 대표님 기억 읽는 법도 창조해 내
시죠."

문수가 웃으며 서류를 꺼내주었다. 프로 감독 승부 조작 검
증 건이었다.

"이건 오늘 아니었잖아?"

"맞습니다. 그런데 구단 모기업에서 연락이 왔습니다. 그쪽

그룹 회장님 특별 지시로 감사를 당기게 되었다면서 스케줄 좀 조절하면 안 되겠냐고."

"그게 오늘?"

"스케줄상 제가 변경을……."

"……."

"……."

"할 수 없지. 몇 시야?"

"지금 출발하셔야 합니다. 문제의 감독이 곧 모기업 차원의 감사에 응할 거는군요."

"미리 다 짜놓은 일이었군."

"죄송합니다."

문수의 대답은 태연했다.

프로 감독 승부 조작 의뢰!

이렇게 해서 채 국장과 정정련 대표의 3각 회동에 앞서 임하게 되었다.

승부 조작!

강토가 구단주와 만난 사안이다.

승부 조작은 아마추어 대회부터 프로 경기까지 말이 많았다. 강토 주변에도 실제로 있었다. 강토의 출신 고였다. 강토네 고등학교에는 축구부가 있었다. 전국적인 강호였다. 그러나 화무십일홍이라 했으니 그 영광이 평생 가는 건 아니었다.

강토의 반에 축구부원이 있었다. 3학년 때 짝꿍이다. 얼굴

몇 번 보지 못했다. 그러나 그 친구는 강토를 좋아했다. 붙임성도 좋았다.

3학년!

축구부원에게도 진학의 고민은 예외가 아니었다. 그의 얼굴은 어두웠다. 지지난해부터 내리막을 그리던 성적이 회복되지 않은 것이다. 16강 한 번 진출이 끝이었다. 그렇다고 청소년 대표나 상비군 같은 것에 뽑힌 선수도 없었다.

"대학 김 샌 거 같아. 잘못하면 택배회사 취직할지도 몰라."

친구의 고민이 깊어갔다. 조바심은 그 친구에게만 있지 않았다. 학부모 전체가 그랬다. 한때는 우승과 준우승을 밥 먹듯이 해치우던 전통 있는 축구부. 프로 축구팀의 주축도, 국대도 많이 배출한 팀이다.

감독에게 전방위 압박이 들어왔다. 선배들은 선배대로, 학부모는 학부모대로, 재단은 재단대로.

능력이 없으면 사임.

압박은 선수단의 능력을 고려해 주지 않았다. 명문이라는 자부심에 취해 투자를 게을리 한 5년. 그 변수의 구멍을 감독에게 떠넘긴 것이다.

감독은 무리를 했다. 이제 남은 건 다가오는 대회 하나뿐이었다. 메이저 대회는 아니었지만 4강이 필요했다. 대진 운은 좋았다. 전국 강호들과 붙게 된 것. 그런데 뭐가 좋으냐고? 그중두 팀의 감독이 이 감독의 후배였다.

자세한 건 생략. 아무튼 이 대회에서 팀은 두 번의 행운 끝에 4강에 올랐다. 한 번은 행운의 페널티킥으로 이겼다. 상대에게 페널티 찬스를 주었는데 그쪽에서 실축을 한 것이다. 후반에는 오히려 반대 상황이 왔다. 문전 혼전 중에 강토 팀이 페널티 찬스를 얻었다. 그걸 넣는 바람에 1 대 0으로 이겼다.

8강에서는 상대의 두 스트라이커가 부상으로 결장했다. 두 팀은 이미 기존 대회에서 우승과 준우승을 이룬 팀이었기에 무리할 필요가 없는 팀이었다.

그로부터 며칠 후에 짝꿍 친구가 귀띔을 해왔다.

"나 G대 간다."

G대!

명문은 아니지만 그리 나쁘지 않은 학교였다. 감독이 학부모들에게 돈을 걷어 로비를 했다는 소문이 돌기 시작했다. 대회가 끝나고 또 돈을 걷었다는 소문도 돌았다. 하지만 이내 소문은 사라졌다.

승부 조작!

대학에 진학한 후에 그 소식을 들었다. 감독이 경찰에 불려갔다. 큰 처벌은 없었다. 정황은 있지만 증거가 없었다. 두 감독이 입을 맞춰 '돈을 빌리기는 했다', '아는 사이라 밥 먹은 것뿐이다'라고 뻐끔거린 탓이다.

그건 스포츠계의 못된 관행(?)이기도 했다.

그 관행은 프로에서도 자행되고 있었다. 그 이면에는 늘 돈이 도사리고 있었다. 많은 종목이 그랬고, 많은 선수와 감독이 그 그물망의 유혹에 빠졌다. 화려한 명성을 잃고 떠난 사람도 많았다. 그러나 명쾌하게 밝혀진 건 많지 않았다. 그렇기에 강토의 호기심을 끈 의뢰였다.

은밀히 의뢰를 보낸 건 프로야구 〈천상 더블 윙스팀〉이었다. 강토는 문수가 정리해 둔 사건의 개요와 팀의 입장을 한 번 더 훑었다. 관련 동영상도 다시 검토했다.

와아아! 와아아!

프로야구!

대한민국 넘버원 프로 종목이다. 한때는 기우뚱거리기도 했지만 이제는 명실공히 최고의 국민 스포츠로 자리를 잡았다. 선수들의 연봉도 억억 소리가 났다. 국내 선수조차도 연봉 20억 시대를 코앞에 두고 있었다.

K감독이 보였다. 의뢰의 대상자이다. 모기업은 여러 경로를 통해 K감독의 승부 조작 관련설을 입수했다. 팀의 현재 성적은 리그 5위. 가을 야구를 할 수도 있는 위치였다.

경찰이나 검찰의 움직임이 없으므로 가을 야구가 끝난 후에 조사를 해도 될 일. 그러나 모기업은 다른 고민이 있었다. 최근 계열사들 때문에 기업 이미지가 곤두박질치면서 고민이 깊어졌다. 이런 판에 온 국민의 이목이 집중되는 가을 야구에 나섰다가 승부 조작이 밝혀진다면 기업에 치명타가 될 수도 있었다. 그렇기에 발 빠른 진상 파악에 나선 것이다. 강토에게 제시된 의뢰 금액은 1억. 결과뿐 아니라 진행 과정에 대해서도 절대 보안이라는 단서가 붙었다.

절대 보안!

"잘 부탁합니다!"

사안의 심각성이 피부로 다가왔다. 천상그룹의 홍 회장이 먼저 강토를 맞은 것이다. 회장실에서 만난 회장은 잔뜩 구겨진 표정이었다. 최근 잇달아 구설수에 오른 문제 때문이다.

─아기 물티슈에서 유해 물질이 나오고.

─스낵에서 벌레가 나오고.

─심지어는 포장지 안에서 쥐 털도 나왔다.

계열사의 행태도 줄줄이 도마에 올랐다. 전무이사의 비서실 여직원들과의 추문이 공개되었고, 그 아래 한 간부는 회식을 빙자해 신입 여직원 성추행을 일삼았다. 이 모든 게 수삼 개월 안에 집중되면서 기업은 여론의 집중 포화를 받고 있었다. 그렇기에 그룹의 총수까지 관심을 가진 상황이다.

"꼭 밝혀주시오."

회장은 자못 비장했다. 그의 어깨너머로 진열장이 보인다. 안에는 여러 약술이 들어 있었다. 산삼부터 귀한 버섯, 열매 등이 술과 함께 익어가고 있었다.

"술 좋아하오?"

강토의 시선을 본 회장이 물었다.

"아, 아닙니다. 회장님이 좋아하시나 보죠?"

"웬걸요. 지인들이 하나둘 보내주는데 버리면 서운타 할 테고… 더구나 저기 산삼과 복령 같은 건 워낙 귀한 데다 외국인 바이어들 호감을 끄는 데도 좋아 진열해 둔 겁니다. 마음에 들면 하나 드릴까요?"

강토는 손을 저었다. 약술은 취향이 아니었다. 마시면 머리가 깨진다. 강토는 그저 보는 것으로 만족했다.

"이쪽으로 오시죠."

관계자가 강토와 문수를 안내했다. 그를 따라간 곳은 천장이 높은 아늑한 회의장이었다. 분위기가 묵직한 것으로 보아 계약 같은 일에 쓰이는 곳 같았다.

책상은 ㄷ 자로 배치되어 있었다. 그 앞에 덩그러니 놓인 하나의 의자. 그게 오늘 감사를 받는 감독의 자리로 보였다.

강토보다 먼저 착석한 사람은 세 명. 명찰을 부여받은 강토와 문수가 자리를 잡았다. 뒤를 이어 다른 두 사람이 들어섰다.

"진행을 맡은 고동길 감사부장입니다. 잘 아시겠지만 이번 일은 우리 그룹의 이미지에 직결되는 일이므로……."

최선을 다해 K감독의 승부 조작에 대한 검증에 임해주시면 고맙겠습니다.

뒷말은 강토 혼자 생각했다.

"현재 우리 감사실에서 사전 조사한 바에 따르면 승부 조작이 제기된 게임은 두 게임입니다. 그러나 이것 외에도 다른 조작이 있을 수 있으니 유념해서 전방위적인 조사가 될 수 있도록 당부드립니다."

몇 가지 더 참고 사항이 주어졌다. 그리고 고 부장이 사회자석으로 돌아가자 옆문이 열리며 K감독이 들어섰다. 그는 야구모자를 눌러쓰고 있었는데. 하마처럼 육중했다. 승부사 기질이 있어서 그런지 주눅 든 모습도 아니었다. 오히려 불쾌하다는 표정이 역력한 K 감독이었다.

"모자 벗어주시죠!"

고 부장이 먼저 일타를 날렸다.

"거참……."

감독은 까칠한 숨을 토하더니 모자를 벗어 의자 모서리에 걸더니 다리를 꼬고 앉았다.

"바른 자세 부탁드립니다."

다시 고 부장의 말이 이어졌다.

"거참!"

K감독은 똑같은 말로 불만을 표시하며 엉거주춤 자세를 바로 했다.

"그럼 제가 먼저 시작하겠습니다."

왼쪽 날개의 책상에 앉아 있던 사람이 자리에서 일어났다. 구단 지원을 총괄하는 선상열 이사. 그의 가슴에 단 명찰이다. 그는 PDA를 들고 감독에게 다가갔다.

톡!

화면에 손가락이 닿자 영상이 나오기 시작했다.

* * *

"구단 지원을 총괄하는 선상열 이사입니다. 평소 존경하는 감독님인데 이런 자리에서 만나 유감입니다."

"……."

"이미 사전 조사까지 한 마당이니 단도직입적으로 가겠습니다. 엔젤 라이거즈와의 15차전입니다. 스코어는 8회까지 1 대 0. 그러나 8회 말에 극적인 찬스를 잡았죠. 중견수 앞 안타에 이어진 7번 타자의 내야 강습 안타. 다음 타자는 8번 포수로 이날 3타수 무안타에 전날 경기까지 3게임 연속 무안타였습니다. 누가 봐도 보내기 찬스였죠."

"……."

이사가 화면을 넘겼다. 그 장면이 나오고 있었다. 타석에 들어서기 직전의 타자가 배트를 두어 번 휘둘렀다.

"그런데 감독님은 그 반대를 지시했습니다. 강공이었죠. 결과는 삼진. 다음으로 이어지는 9번 타자의 타석. 거기서도 감독님은 이상한 작전 지시에 돌입합니다. 바로 더블 스틸입니다. 결과는 2루 주자의 3루사. 노아웃 1, 2루의 찬스는 졸지에 투아웃 2루로 바뀌었고 9번 타자는 좌익수 뜬공으로 이닝을 마쳤습니다."

다시 화면.

타자가 친 공이 좌익수 글러브 속으로 안전하게 빨려들어 가고 있었다.

"정상적인 작전이었다고 생각하시나요?"

화면을 정지시킨 이사가 감독을 바라보았다.

"거참!"

감독은 자세를 비슥하게 만들었다.

"저 위쪽에서 회장님이 이 자리를 지켜보고 계십니다."

이사가 회의실 상단을 가리키며 경고를 날렸다. 그러고 보니 거기 또 다른 유리문이 보였다.

"많은 사람들이 의혹을 제기하고 있습니다. 감독님만의 문제가 아니니 남자답게 까고 갑시다. 의혹을 벗지 않으면 검찰 수사가 들어올 수도 있어요."

이사는 감독을 바라보며 냉철하게 다그쳤다.

"거참, 자꾸 사람 몰아세우는데……."

입술을 깨물던 감독이 말문을 열었다.

"이미 서면으로 해명한 일 아닙니까? 8번 조상민은 번트에 약하고 주력도 약합니다. 자칫하면 더블플레이를 당할 우려가 있는데 어떻게 번트를 시킵니까? 게다가 직전 두 타석에서 비록 아웃은 당했지만 상대 투수의 공을 제대로 맞췄어요. 현장에서 판단하기로는 안타가 나올 타석이라고 본 겁니다."

"더블 스틸은요?"

"그건 상대의 허를 찌르기 위한 선택이었습니다. 분위기가 그쪽으로 넘어갔다고 느꼈는지 투수의 견제가 느슨해졌거든요. 승부를 걸어볼 만한 상황이라고 생각했습니다."

"그러기에는 선행 주자들도 도루를 잘하는 선수들이 아니었습니다만."

"게임이란 그날의 분위기가 중요한 겁니다. 데이터도 중요하지만 현장에는 현장의 분위기라는 게 있어요."

"엔젤에게 져주기 위한 작전은 아니었다?"

"나도 감독입니다. 감독의 존재 이유가 뭡니까? 승리 아닙니까? 그런데 내가 미쳤다고 일부러 지는 길을 선택합니까?"

"좋습니다. 그럼 그 이틀 후에 열린 한강 삽질스와의 최종전으로 갑시다. 이때의 의혹이 조금 더 결정적이죠. 그날은 우리 에이스 조도진이 등판하는 날이었죠. 일 년 내내 최하위권의 팀에 있어 단 하나의 위안이던 조도진. 13승 7패. 방어율 3.19. 더구나 상대 전적도 5승 2패로 절대 우위.. 그런데 조도진, 그날 처음으로 퀵 후크를 당했습니다. 2회말 1 대 0으로 지는 가운데 2사 1, 2루 상황. 최상은 아니었지만 조금 더 지켜볼 수도 있는 타이밍에서 퀵 후크가 적절한 조치였을까요?

"거참."

"한강 삽질스는 조도진 이후에 등판한 투수를 난타해 승률 5할을 맞추면서 가을 야구에 턱걸이를 했습니다. 만약 우리가 이겼다면 한강 삽질스는 가을 야구 탈락이었죠. 그렇죠?"

화면 속에서 한강 삽질스 선수들이 환호하고 있었다. K감독의 표정도 잡혔다. 이사가 화면을 세우고 확대시켰다. 기묘하게도 감독은 그리 허탈한 표정이 아니었다. 그의 시선은 환호하는 한강 삽질스 선수들 속의 장 감독에게 향하고 있었다. 손도 들어 보였다.

"뭐 그렇긴 하다고 들었습니다만……."

"왜 퀵 후크였습니까? 우리 조사로는 코치진도 공감하지 않던데……."

"당일 컨디션이 나빴습니다. 구위도 평소보다 떨어졌고요."

"구위가 살짝 부족한 건 인정하지만 그런 경우는 시즌 내내 여러 번이었습니다. 그게 이유가 될까요?"

"손톱에도 문제가 있었습니다."

"당시 손톱 문제는 기록에 없었습니다만."

"현장에서는 기록하지 않고 넘어가는 경우도 많습니다. 무엇보다 사소하더라도 선수에게 해가 된다고 생각하면 고려해야 하는 게 감독입니다. 잘못된 선택이라고 생각하지 않습니다."

감독은 뚝심으로 버텼다. 덩치만큼이나 묵직한 눈빛도 보통이 아니었다. 이사와 감독의 첫 기 싸움은 감독 쪽으로 기운 모양새였다.

다음 사람이 나섰다. 강토는 계속 지켜보기만 했다. 이 자리, 어차피 끝까지 가야 할 자리였다. 그렇다면 다른 사람들을 지켜보는 것도 공부가 될 수 있었다.

과정도 흥미로웠다.

야구라면 강토도 반은 전문가이다. 두 게임에서 일어난 일에 다양한 잣대로 파고드는 기법은 강토에게도 유용할 것 같았다.

그다음 차례는 전직 서울경찰청 과학수사팀장이었다. 그는 감독 주변 사람들, 상대방 관계자들을 만난 감독의 행적 등에 대해 의혹을 제기했다. 그러나 역시 감독이 우위였다. 그의 변론 한마디가 수사팀장을 질식하게 만든 까닭이다.

"감독도 인간입니다. 지인이랑 술도 한잔 못합니까?"

감독도 사람.

당연하다. 엔젤과 한강의 감독, 코치와의 수상적은 회동. 그걸 야구계 선후배의 친목 자리로 돌려놓은 것이다. 지인과의 술자리? 당연히 막을 수 없다.

강토 이전까지 추궁이 끝났다. 다들 논리는 좋았지만 감독의 인정은 나오지 않았다. 감독은 작심한 눈치였다. 감독의 고유 권한이라는 방패로 집중 포화를 무력화시켜 버린 것이다.

"이강토 대표님!"

마지막으로 사회자가 강토를 호명했다.

'생쇼 한 번 더 해야겠군.'

가벼운 웃음으로 강토가 일어섰다. 일 대 일이 아닌 상황. 지켜보는 눈이 많으니 그럴싸한 퍼포먼스가 필요했다.

"마음을 편하게 하세요."

강토가 감독 앞에 섰다. 2미터쯤의 거리였다. 책상의 모든 사람들 시선이 강토에게 쏠렸다.

"야구공이죠?"

나오면서 공 하나를 집어 든 강토가 감독에게 내보였다. 감독은 물끄러미 바라만 보았다.

"세어보니 실밥이 108개더군요. 맞나요?"

"……."

"저기 앉아서 감독님을 보다 보니 백팔번뇌가 생각나더군요. 감독님 심정이 지금 그렇지 않을까. 그런데 기묘하게도 야구공 실밥 마디도 108개. 기묘하죠?"

미친놈!

이건 또 뭐 하면서 굴러 처먹은 말 뼈다귀야?

감독은 그런 눈빛이었다. 강토는 감독 손에 공을 쥐어주었다. 솥뚜껑 같은 손이다.

"눈을 조용히 감으시고……."

감독은 강토를 쏘아보더니 마지못해 눈을 감았다.

"야구를 생각해 주세요. 작전을 생각하셔도 되고 선수를 생각하셔도 되고… 팬이 많으시던데 팬을 생각하셔도 됩니다."

"……."

"편안하게요. 자, 지금부터 감독님 마음은 공이 되는 겁니다. 동그랗게, 동그랗게……."

"……."

"다음으로 마운드를 생각할까요? 네모난 베이스를 생각하셔도 됩니다. 천천히, 천천히……."

강토는 공을 만지작거리는 감독 주변을 천천히 돌았다. 그러다 그의 뒤통수가 정면으로 내려다보이는 곳에서 걸음을 멈췄다.

비밀!

그의 시크릿을 읽어낸 것이다.

빙긋 미소를 머금은 강토. 어떻게 터뜨릴까 생각에 잠겼다. 코끼리만 한 덩치의 감독. 침묵에 휩싸인 장내 분위기.

'그게 좋겠군.'

강토는 분위기에 맞추기로 했다. 불협화음을 원치 않은 것이다. 주변 사람들을 돌아본 후 감독을 향해 고개를 숙였다. 그리고 그의 귓속으로 친절하게 몇 마디 속삭여 주었다.

"……!"

감독이 움찔하는 것과 동시에 번쩍 눈을 떴다. 의자가 삐걱 흔들릴 정도였다. 장내의 시선은 강토에게 집중되었다. 주인공, 이 순간은 강토가 주인공이었다.

'그렇다면 우아하게!'

강토는 사뿐 반대편으로 돌아 한 번 더 귀를 향해 속삭였다.

"……!"

툭!

이번에는 감독 손에 들려 있던 공이 굴러 떨어졌다.

데구루루!

공이 굴러와 강토 발 앞에 멈췄다. 강토는 그 공을 집어 들었다. 장내의 눈이 공을 향해 쏟아졌다.

"뭡니까?"

참다못한 사회자가 강토를 채근했다. 강토는 손을 들어 사회자를 진정시켰다.

"저는 감독님에게 두 가지 말을 했습니다."

강토는 천천히 입을 열었다. 두 가지 말?

"2억 1,600만 원."

"……"

"그리고 조도진!"

"……?"

사람들의 시선이 강토와 감독을 번갈아 스쳐갔다. 감독 얼굴 근육이 경련하고 있었다.

"조금 더 말씀드릴까요, 감독님?"

"……."

"기왕이면 그럴듯한 소품을 갖추는 것도 좋을 것 같군요. 나이가 드신 분들은 가끔 기억력이 깜빡거리시니……."

강토는 2층 유리를 바라보며 말을 이었다.

"회장님, 혹시 듣고 계시다면 회장실의 소품 하나를 잠깐 빌릴 수 있을까요?"

대답 대신 출입문이 열렸다. 여비서가 서 있다. 사회자가 고갯짓으로 승낙 신호를 보내왔다. 강토는 문수를 불러 지시를 내렸다. 문수가 여비서를 따라 나갔다.

침묵.

장내는 지질리는 침묵의 도가니였다. 사람들은 침도 넘기지 않았다. 감독을 보니 그러쥔 손이 파르르 떨리고 있었다. 부서질 것 같은 어깨의 경련을 참고 있는 감독. 그러나 그의 뇌 속 분노 게이지는 자꾸 상승하고 있었다. 아무도 없이 강토와 둘이라면 저 솥뚜껑 같은 주먹이 강토에게 날아올지도 모를 일이었다.

저벅!

소리와 함께 문수가 돌아왔다. 강토는 구석의 작은 탁자를 가져다 감독 앞에 놓았다. 문수가 그 위에 기다란 무엇을 싼 보자기를 올려놓았다.

"낙원포차 4자 회동!"

강토는 감독을 바라보며 보자기를 풀었다.

"……!"

감독의 상체가 움찔 뒤로 젖혀졌다. 탁자 위에 놓인 건 복령으로 담근 약술이었다. 잔도 네 개였다.

"거기서 마신 술입니다."

강토의 눈빛이 감독에게 날아갔다.

"술은 조도진 선수가 구해 왔지요. 소나무의 기운을 고스란히 담고 있다는 복령. 바로 당신의 지시에 의해서!"

"……."

"이유는… 당시 아시안게임의 감독으로 임명된 한강 삽질스팀의 장 감독이 약술이라면 두주불사하는 주당이기 때문이었죠."

"……?"

"이제 기억이 나겠죠?"

싸한 시선이 작렬했다. 감독을 내려다보는 강토의 표정은 저승사자의 그것과 다르지 않았다. 큰 덩치의 감독, 오만 감정이 들끓을 뿐 뭐라고 입을 열지 못했다. 그 감정의 폭풍이 지나간 후에 그가 뱉은 말은 딱 한마디였다.

"사표 내겠소."

"사표?"

장내가 웅성거리기 시작했다. 사회자가 감독에게 포문을 열었다.

"무슨 뜻입니까? 설명이 필요합니다."

"……."

감독은 다시 침묵이다.

"그러고 보니 조도진은 아시안게임 대표 선수였군요. 그때 이후로 조금씩 구위가 좋아지기 시작했고요."

"……."

"대표 선수 선발에 뒷거래가 있던 겁니까? 조도진 선수의 병역 면제를 위해?"

"……."

"맞습니까, 아닙니까?"

사회자가 목소리를 높였다. 그 소리를 따라 강토가 다가섰다. 오른손을 뻗어 감독 가슴에 가져다 댔다.

"……?"

감독이 미간을 구기며 강토를 올려보았다. 감독의 입에서 낮은 욕설이 튀어나왔다.

"개자식."

반성이 아니라 저주였다.

"무슨 얘기를 나누는 겁니까? 다 들을 수 있도록 해주십시오!"

검증단에서 소리가 튀어나왔다. 강토는 감독과 눈을 맞추고 웃어주었다. 힘으로는 감독의 상대가 되지 않을 강토. 그러나 매직 뉴런이 그의 뇌 안에 있는 한 감독은 강토를 넘볼 수 없었다.

"진실을 말하세요!"

부드럽게, 사랑하는 여인을 대하듯 부드럽게 다그쳤다.

"……."

"진실."

"……."

"버텨도 소용없습니다."

강토는 몇 가지 신경전달물질 또한 부드럽게 자극해 주었다. 불안과 행복, 공포와 기쁨이 뒤섞인 감정이 감독의 머릿속에서 춤을 췄다.

"승부 조작……."

감독은 결국 체념한 듯 뒷말을 이었다.

"인정합니다!"

*　　　　*　　　　*

"우!"

검증단에서 일제히 탄성이 밀려 나왔다. 강토는 비로소 감독에게서 물러나며 슬쩍 위층을 보았다. 유리 안에서 지켜보던 회장도 일어나 있었다.

"계속하시죠."

강토는 정중히 감독을 재촉했다.

"그러나 그 승부에 있어 금품이 오간 건 사실이 아닙니다. 상대방 감독들에게 단 한 푼도 받지 않았습니다."

단 한 푼도 받지 않았다.

그 발음은 또렷했다.

"그럼 2억 1,600만 원은 뭐죠?"

사회자가 물었다. 그도 어느새 강토 옆으로 다가와 있었다.

"……."

"말하세요!"

다시 강토가 주도권을 행사했다.

"조도진 선수… 아시안게임 대표 선발 대가……."

"감독님이 조도진에게 받았다는 건가요, 아니면……."

"……."

"말씀하세요!"

사회자 앞에서 본격적으로 개입하는 강토. 이제는 마무리까지 달릴 생각이다.

동시에 감독의 뇌 안에서 전전두피질 부위를 살짝 건드려 주었다. 이쪽을 어루만지면 양심이 발현되는 느낌이 든다. 그걸 노린 것이다.

"조도진의 아시안게임 대표 승선을 위해… 당시 대표 감독과 수석코치를 맡은 두 사람에게… 조도진에게 받아서… 하지만 나는 조도진의 미래를 위해 다리 역할만 했을 뿐 단 한 푼도 먹지 않았습니다."

"대표 선수를 돈으로 샀다는 말이군요?"

"조도진은 특히 군대를 두려워했습니다. 그 형이 군에서 지뢰를 밟아 오른쪽 다리가 날아가는 부상을 입었기 때문이죠. 워낙 형하고 친하던 선수라 군대 트라우마가 강한 까닭에 도움을 준다는 게……."

"그래서 그에 대한 보은으로 저들이 필요할 때 '승'을 헌납한 겁니까?"

"그게… 의도한 건 아니었지만 하필이면 그 게임에 상대 팀들의 가을 야구가 걸리다 보니……."

"보은 차원이자 기브 앤 테이크였군요?"

"……."

"승부 조작에는 동의했지만 개인적으로 돈은 받지 않았다?"

"승부 조작이 아닙니다. 그저 조도진을 일찍 뺀 것뿐!"

"그게 승부 조작이 아니면 뭡니까?"

"야구는 조도진 혼자 하는 게 아닙니다. 조도진이 우리 팀 에이스로 성장했지만 조도진이라고 승을 보장하지는 않습니다. 13승 뒤의 '7패'가 말해주지 않습니까?"

"조도진을 냈어도 질 수 있었다?"

"그게 스포츠지요!"

"곽 감독님!"

거기서 사회자가 끼어들었다.

"좋습니다. 그럼 여기 이 대표님이 말한 낙원포차 4자 회동은 뭡니까?"

"……."

"누구누구 4자 회동입니까?"

"여기 감독님과 조두진, 그리고 문제가 된 두 야구팀의 감독……."

참석자는 강토가 설명해 주었다. 감독은 입만 딱 벌린 채 말을 잇지 못했다. 자기 머리를 들여다본 듯이 이야기하는 이강토에 뭐라 할 말이 없었다.

"당신……."

감독은 강토를 매섭게 돌아보았다.

"대체 어떤 새끼가 제보한 거요?"

한이 실린 음성이다.

강토는 고개를 저었다. 제보가 아니야. 강토는 감독의 머리로 다가가 손으로 정수리를 짚었다.

"그날… 멍게와 해삼을 먹었죠? 테이블 계산 역시 조두진이 했군요. 1억 800만 원… 당신이 정했군요. 야구공의 실밥에 선수 운을 걸어보자. 당신 말대로 당신은… 돈을 받지 않았습니다. 다만… 다른 걸 받았군요. 조두진의 이모가 살고 있는 캘리포니아, 당신 딸이 미국 유학을 간 곳. 조두진의 이모가 거기서 변호사 일을 하고 있군요. 그래서 딸의 대학 졸업까지 조두진의 이모가 책임지는 걸로……."

"……!"

다시 한 번 왈딱 감독의 눈이 뒤집히는 게 보였다. 막다른 길에 몰린 감독은 결국 자기감정을 억제하지 못하고 튀어 올라 강토의 멱살을 거머쥐었다.

"이 새끼, 너 뭐……?"

감독의 무모한 도발.

그건 정말 무모한 도발에 불과했다. 그의 덩치는 충분히 위협적이었지만 그는 모르고 있었다. 강토에게 주어진 능력, 타인의 뇌를 멋대로 주무를 수 있는 능력을 가지고 있다는 걸.

강토는 그에게 그 능력의 일단을 보여주었다. 호흡중추를 살짝 조였다 놓은 것이다. 감독은 자기 덩치를 제어하지 못하고 짚단처럼 주저앉았다. 이제부터는 강토의 페이스였다.

"일어나세요!"

"……."

"의자에 앉으세요."

"……."

"제 말이 틀렸습니까?"

강토의 목소리는 낮고도 준엄했다. 감독은 콧날을 실룩거리며 치를 떨었지만 모든 것을 고백하는 수밖에 없었다.

—군 입대를 앞둔 조두진, 젊은 피 명목으로 대표팀 승선.

—그 대가로 두 감독에게 각 1억 800만 원씩 제공.

—아시안게임 우승으로 병역 면제 달성.

—조두진은 미국 이모 집에 부탁해 K 감독의 딸 유학 편의 제공.

—대표팀 선발 보은을 위해 그동안 총 8차례 승부 조작에 가담.

큰 줄기를 확인한 검증단은 역할을 끝냈다. 강토에게 치사가 쏟아졌다. 강토는 정중한 인사로 예를 표했다.

구단주와 사장이 감독을 만나는 사이에 강토는 문수와 더불어 관련 서류를 받았다. 처리는 문수가 했다. 입금을 위한 확인 절차인 모양이다.

"끝?"

강토가 물었다.

"예. 이제 가시죠."

문수가 문을 가리킬 때 간부 하나가 들어섰다.

"삐 컨설팅 이강토 대표님?"

"그렇습니다만……."

"미안하지만 잠깐 시간 좀 낼 수 있을까요?"

"K 감독이 진술을 번복했나요?"

"아닙니다. 그 일은 잘 진행되는 것 같습니다만."

"그럼?"

"보안 사항입니다. 잠깐이면 될 것 같습니다."

"방 실장은 차에 가서 기다려."

문수에게 지시를 내린 강토는 간부를 뒤따랐다. 간부는 복도 끝 방에 멈춰 노크를 했다. 안에서 소리가 나오자 문을 열었다.

"이 대표님 모셔왔습니다."

간부가 소파의 남자를 향해 말했다. 남자가 돌아앉았다. 홍 회장이다. 2층 유리 안에서 검증실을 바라보던 이 기업의 회장. 그가 강토를 다시 호출한 것이다.

"앉으시오."

회장이 자리를 권했다. 강토가 앉자 간부에게 눈빛을 보내 내보내는 회장. 예정에 없는 독대가 시작되었다.

"이강토 대표님?"

"예."

"검증 과정을 지켜보고 있었소이다."

"……."

"뇌파를 이용한 독심술이라… 상상 이상이더군요."

"예."

"그걸로 사람의 마음을 읽는군요. 지나간 일까지."

"어느 정도는 가능합니다."

"어느 정도라……. 실은 아까 그 과정을 지켜보고 기절할 뻔했소만……."

"……."

"우리 비서실장 말로는 되는 사람도, 안 되는 사람도 있다고 하던데……."

"인간이 완벽할 수 없는 건 신의 섭리인 모양입니다."

강토는 겸손한 미소를 지었다.

"그건 그렇지요. 천하의 사업가도 손대는 사업마다 성공하는 건 아니니."

"……."

"혹시 내가 이 대표를 왜 모셨는지 알 수 있겠소?"

"에너지가 많이 드는 일입니다. 아무렇게나 뇌파를 쓰지는 없습니다."

"오라, 공짜는 안 된다?"

이번에는 홍 회장이 웃었다.

"그런 건 아니고 준비가 필요하다는 뜻입니다."

"준비라면 아까도 내가 소품을 제공하지 않았습니까?"

홍 회장이 웃었다. 약술을 말하는 모양이다.

"그건 고마웠습니다."

"그건 농담이고… 내가 급박해서 그러니 절차 생략하고 한 번만 부탁합니다."

회장이 지갑을 꺼냈다. 그가 뽑은 건 1,000만 원짜리 수표였다. 강토는 수표를 회장 쪽으로 밀었다.

"부탁하오!"

회장이 수표를 바꿔놓았다. 이번에는 5,000만 원짜리였다. 그러나 수표를 누른 손을 떼지는 않았다.

'능력을 보이면 주겠다?'

회장의 수를 읽은 강토가 말했다.

"원하는 걸 말씀해 보시죠."

"내가 지금 고민을 하나 하고 있어요. 물론 K 감독 일은 빙산의 일각이고… 그 빙산의 수면 밑을 안전하게 유지하기 위한 방법을 고려 중인데……."

"검찰이군요."

"……?"

단 한마디에 홍 회장의 눈빛이 출렁거렸다.

"눈을 감아주시겠습니까?"

"벌써 알아낸 거요?"

"눈을……."

"이, 이렇게?"

홍 회장이 눈을 감았다. 그러나 그건 강토의 퍼포먼스에 불과한 일. 강토는 이미 홍관진의 해마 안에서 그의 비밀 서랍을 열어보고 있었다.

〈그룹 위기〉

〈대처, 대책〉

두 개의 검색으로 얻어낸 결과이다. 비밀은 많았다. 그러나 가장 강력한 느낌을 주는 것으로 골랐다. 그 느낌 안에 검찰 간부가 버티고 있었다. 장소는 말레이시아 코타키나발루. 사피 섬과 마누칸 섬 사이의 바다 위였다. 낚시 투어를 하는 배 쪽으로 홍관진의 배가 다가갔다.

"좀 늦었습니다!"

홍관진이 릴을 감으며 인사를 건넸다. 저쪽 배의 선상에서 한 남자가 선글라스를 벗었다. 그의 이름은 공찬욱이었다. 서울지검의 부장검사. 그는 남극 스타일의 화려한 셔츠를 휘날리며 비키니 차림 동남아 아가씨의 보조를 받고 있었다.

"고기 많이 나옵니까?"

약간의 간격을 유지하며 홍 회장이 물었다.

"아이고, 순 잔챙이뿐인데요. 이건 오키나와만도 못해요."

"생각 좀 해보셨습니까?"

"사람 이렇게 납치하고서 그렇게 물으면 결례 아닙니까?"

"죄송합니다. 여기도 한국 사람이 많아서……."

"그럼 동남아 오지로 가시지 그랬습니까? 캄보디아나 미얀마 안으로 들어가면 차도 못 다니고 핸드폰도 안 터지는 곳도 많다던데."

"그런 데로 부장님 모시면 실례죠."

"그쪽 배의 친구들은 한국말 압니까?"

"뭐 안녕하세요, 고맙습니다 정도?"

"그럼 말씀하세요. 설마하니 바람이 물어다 한국에 까발리지는 않겠지요. 저도 석 위원님에게 부탁을 받은 몸이라⋯⋯."

"거두절미하고 한 번만 도와주십시오. 이번에 우리 기업 내사를 맡을 예정이라고 들었습니다."

"뭐 아직 결정된 일은 아닙니다만⋯⋯."

"제가 이렇게 빕니다."

홍 회장이 무릎을 꿇었다.

"일어나세요. 누가 봅니다."

"이거 악의적인 모략입니다. 경쟁 업체 쪽에서 사고를 등에 업고 모함에 가세한 거지요. 다른 사람은 몰라도 석 의원님은 제 마음 압니다. 저도 국가를 위해 나름 공헌하는 사람입니다."

"일단 일어나세요."

"확답을 해주셔야⋯⋯."

"집사람에게 택배가 도착했다는 전화 받았습니다. 정말 누구 신세 망치려고 작심을 하셨지⋯⋯."

"그냥 제 성의입니다. 이번 일하고는 상관없이⋯⋯."

"이번만 접수하죠. 단, 조건이 있습니다."

"조건이요? 말씀만 하십시오."

"그룹 차원에서 신속하게 성의를 보이세요. 지지부진 감추려고 하지 말고 선제 수습에 나서서 잔가지라도 치란 말입니다. 그래야 저도 보조를 맞출 거 아닙니까?"

"무슨 말인지 알겠습니다."

"그럼 저는 대물 좀 나오는 데로 가보겠습니다."

공찬욱의 배가 키의 방향을 돌렸다. 홍 회장은 공찬욱이 멀어질 때까지 깍듯한 자세로 고개를 숙이고 있었다. 어쩌나 공손한지 경건한 마음이 들 정도이다.

"ㄱ 씨 성을 가진 사법부의 한 사람에게 도움을 요청하셨지요?"

비밀의 기억을 열어본 강토가 조심스레 입을 열었다.

공찬욱의 ㄱ이다.

"……!"

홍 회장의 입이 쩌억 벌어졌다.

"더 필요한 게 있습니까?"

강토가 회장의 손을 바라보았다. 회장은 그제야 수표를 누르고 있던 손을 떼었다. 그리고 그 위에 5,000만 원 권 한 장을 더 포개놓았다.

"사업가에게 있어 절반만 하는 일은 안 하느니만 못하지요."

"……."

"그 사법부의 주인공이 지금 여기로 오고 있습니다."

"……."

"그의 속내를 마저 봐주시죠. 정말 내 편인지, 아니면……."

먹튀인지.

회장의 표정은 진지했다. 아래에서부터 불거진 문제들. 곪아 터지기 전에 봉합을 하고 있지만 회장의 손으로 끝낼 수 있는 일은 아니었다. 이미 검찰의 내사가 착수된 일. 그는 청탁을 받은 칼잡이의 마음을 알고 싶었다. 만의 하나 칼잡이를 잘못 세운 거라면 또 다른 칼잡이로서 타격을 줄여야 하기 때문이다.

"뒤통수를 맞는 건 아닌지 봐달라는 거로군요."

"바로 그겁니다."

"언제 도착하나요?"

"곧. K 감독 건 결과를 알고 싶어 하거든요."

"방법은요?"

"그거야 이 대표가 전문가니까 편하신 대로. 가능한 방법은 뭐든 동원시켜 주겠소."

"마중 나가실 겁니까?"

"아마……."

"그럼 그분이 도착하면 회장님 주변에 묻혀서 독심술을 쓰겠습니다."

"고맙소."

"이제 이 돈은 제가 챙겨도 될까요?"

강토는 그제야 테이블 위에 놓인 수표의 점유권을 행사했다. 회장은 끄덕 고개를 숙여 동의를 표했다.

제6장
3각 밀담

"즉석 의뢰가 들어왔다고요?"

차 앞에서 문수가 물었다.

"그렇게 됐어."

"연관되는 일입니까?"

"이쪽 기업과는. 나 모르는 스케줄이 또 있나?"

"그건 아닙니다만 시간이……."

"빨리 끝낼게."

"상대는요?"

"방 실장 생각은 어느 쪽일 거 같아?"

"천상그룹 일이 본격 수사에 들어간 건 아니니 검찰일 가능성이 크군요."

'쉿!'

몸서리가 났다. 문수의 예측은 완벽했다.

검찰.

설마하니 반 검사가 같이 등장하는 건 아니겠지? 생각만 해도 끔찍했다.

"이거 쓰시죠."

문수가 선글라스를 내주었다.

"변장?"

"제 생각인데… 대표님 독심술에 문제가 없다면 가끔씩 쓰는 것도 좋을 것 같습니다. 약간의 신비감도 연출할 수 있고 대표님 시선 처리에도 도움이 되고……."

역시 방문수.

두말없이 선글라스를 받았다.

"어때?"

선글라스를 쓴 강토가 물었다.

"체질이신데요? 연예인 같습니다."

"연예인 누구? 연예인도 나름이지."

강토는 싱긋 웃어넘겼다.

"이쪽에서 검찰을 동원한다면……."

"……."

"차후를 위해서라도 검증 이외의 것은 선을 긋는 게 좋을 듯합니다."

"공감이야. 나는 사실관계를 밝혀줄 뿐 그 이상은 개입할 생각이 없으니까."

"이 건, 정식 계약서 쓰지 않았죠?"

문수가 수표를 가리켰다.

"물론!"

강토가 웃었다.

대화를 나누고 있을 때 비서실장이 다가왔다.

"내빈 도착 직전입니다."

"다녀올게."

실장의 말에 강토는 문수의 등을 두드리고 돌아섰다.

주인공의 도착한 곳은 정문 쪽이 아니었다. 회장은 후문 입구에서 기다리고 있었다. 주위에는 네 사람만 동행하고 있었다. 이사와 비서실장, 그리고 강토에 여비서가 전부였다.

차가 도착했다. 검은 차에서 내린 공찬욱도 선글라스를 끼고 있었다.

"어서 와요."

회장이 그를 맞았다. 그는 실내로 들어서서야 선글라스를 벗었다. 일행은 엘리베이터를 향해 걸었다. 거기서 강토의 시크릿 메즈가 날아갔다. 엘리베이터가 내려오는 3초 정도의 시간이었다.

'부탁해!'

강토의 매직 뉴런은 공찬욱의 머릿속으로 안개처럼 스며들었다.

〈홍관진!〉

얌전하게 그 이름을 뇌었다. 지시를 받은 매직 뉴런들은 남자의 해마와 대뇌피질을 향해 돌진했다. 공찬욱의 시냅스들은 얌전하게 반응했다.

그런데 예상보다 홍관진에 대한 기억은 많지 않았다. 둘의 관계가 오랜 기간은 아니었다는 방증이다. 몇 개의 기억 영상이 건너오기 시작했다.

식사 자리와 등산, 그리고 코나키나발루, 작은 룸살롱 등이 전부였다.

'코나키나발루는 패스.'

그건 홍 회장의 기억에서 엿본 일. 강토는 등산을 지나 룸살롱의 기억을 펼쳐 보았다. 두어 군데 되었다. 그중에 눈에 띄는 간판이 있었다.

〈벨로체!〉

강토는 그 영상에 꽂혔다. 안쪽 풍경이 나왔다. 처음에는 공찬욱 혼자였다. 웨이터 부장이 아가씨를 데리고 들어섰다. 아가씨가 술 몇 잔을 따라주었다. 그러다 슬쩍 공찬욱에게 안겼다. 공찬욱도 처음은 아닌 듯 아가씨의 입술을 찾았다. 키스에 이어 피아노 연주도 뒤따랐다. 아가씨의 가슴 안으로 들어간 손이 두 개의 봉우리를 쓰다듬고 있다.

"아이!"

아가씨가 장난스럽게 공찬욱의 사타구니를 툭 건드렸다. 공찬욱이 아가씨의 스커트를 걷으려는 순간, 웨이터 부장이 들어섰다. 둘은 아무 일도 없는 듯 떨어졌고, 아가씨가 나갔다.

딸깍!

잠시 후에 석귀동과 홍관진이 들어섰다. 가볍게 인사를 나눈 세 사람이 대작을 시작했다. 아가씨들은 끼지 않았다.

석귀동이 몇 마디를 했다. 그다음으로 홍관진이 진지하게 뒤를 이었다.

"한 번만 도와주십시오!"

"……."

공찬욱은 말없이 술만 마셨다.

"이 사람이 이렇게 아랫사람 운이 박복합니다. 하지만 그렇다고 기업을 포기할 수는 없지 않습니까?"

"……."

"부탁하네. 우리 홍 회장, 공 영감 공 잊을 사람 아니야."

듣고 있던 석귀동이 넌지시 끼어들었다.

"석 의원님까지 이러시니……."

공찬욱의 입술이 열렸다.

"다만 이미 여론화가 된 건이라 약간의 내상은 감수하셔야 할 것 같습니다."

"여부가 있습니까? 그저 큰 타격만 줄여주시면……."

"방법을 찾아보죠."

술이 들어가면서 세 사람의 분위기는 조금씩 더 좋아졌다. 석귀동이 화장실에 가고, 공찬욱도 두 번이나 들락거렸다. 그러나 홍 회장만은 자리를 뜨지 못했다.

그의 방광은 강철 방광이라서일까? 그건 아니었다. 홍 회장은 청탁을 하는 자리. 그렇기에 자리를 뜨기 어려웠다. 뒤통수가 무서운 것이다.

그렇다고 해도 떠날 때는 홍 회장이 먼저였다. 석귀동이 그의 등을 밀었다.

"자, 그렇게 알고 홍 회장님은 그만 가봐요."

순간 홍 회장의 눈빛이 출렁거렸다. 작당과 모의를 한 자리. 두 실세를 남기고 먼저 가는 게 편할 리 없었다. 그러나 이 자리의 갑은 석귀동. 그의 강권이 떨어졌으니 가지 않을 수도 없었다. 홍 회장은 웨이터 부장에게 수표 한 장을 꺼내 계산을 마쳤다.

"천국까지 모시게."

홍 회장은 비장했다.

수표!

강토는 기억을 멈추고 발행 은행과 번호를 따두었다.

"칠칠치 못한 친구 같으니……."

홍 회장이 떠난 후 석귀동의 첫 포문이다. 여기부터가 중요했다. 강토는 공찬욱의 기억을 세심하게 더듬었다.

"공 부장 판단은 어떠신가?"

"사람 말입니까? 현재 상황 말입니까?"

"후자!"

"몇 가지 문제가 불거졌으니 풍선요법으로 마무리하겠습니다."

풍선요법!

그 단어 안에서 공찬욱의 입술이 웃고 있었다.

"풍선요법?"

"타격을 줄이면서 여론의 입맛을 맞출 수 있는 건 그것뿐입니다. 호감을 끌 만한 부위를 부각시켜 결정적인 치부를 가리는 거죠."

"이미 검토를 끝내신 모양이군."

"의원님 부탁 아닙니까?"

"아쉬울 때만 고개를 숙이는 인간이지만 그런 인간 거두는 것도 우리 일 아닌가? 차곡차곡 공덕을 쌓아두면 나중에 소용이 있을 테니 투자하는 셈 치세."

"그렇게 하겠습니다."

"아, 지난번에 말레이시아 낚시 투어에서 만났다더니 그때는 대우 좀 하던가?"

"아, 예. 제가 바빠서 그냥 눈인사만……."

"저런, 그러니까 내가 저 친구 탓을 하는 거라네. 그럴 때 좀 화끈하게 투자 좀 해두면 어디 덧이라도 나는지……."

"……."

"아무튼 공 부장은 입만 버린 거 같은데 한잔 더 들고 가시게나. 난 또 다른 민원이 있어서 말이야."

"일도 좋지만 너무 무리는 마십시오. 고혈압에 당뇨까지 있지 않습니까?"

"그러게 말일세. 우리가 이렇게 몸을 버리면서까지 일하는 거 국민들은 아는지 몰라. 그저 국회의원 하면 다들 먹고 외유

나 다니는 줄 알고 거품 물고 덤비니 말이야."

"천한 것들의 배설이죠. 그러려니 하고 개의치 마시기 바랍니다."

석귀동이 떠났다. 공찬욱은 다시 룸으로 들어갔다. 아까 그 아가씨가 들어와 기다리고 있었다.

"높은 분들 가셨어요?"

"그래. 이제 나연이랑 편안하게 달려볼까?"

"좋아요."

아가씨가 검사 무릎에 올라가 키스를 퍼붓기 시작했다. 양주가 한 병 비었다. 둘은 호텔로 향했다. 호텔로 들어선 공찬욱은 침대로 가서 쓰러지듯 누웠다. 아가씨가 그 위로 덮쳐왔다.

"벗어."

공찬욱의 말은 딱 한마디였다.

씨발!

영상을 세운 강토의 말도 딱 한마디였다.

조금 쉬었다가 다음 날 아침의 기억까지 체크했다. 아가씨를 보낸 공찬욱이 술 냄새를 뿜으며 트렁크를 열었다. 누런 테이핑으로 뚜껑을 막은 작은 아이스박스가 보였다. 테이프를 벗겼다. 안에 든 건 5만 원 권 30다발이었다. 간단하게 1억 5천. 그 돈은 공찬욱의 저택 대형 이조백자 안으로 들어갔다. 백자가 아니라 저금통 용도였다.

공찬욱이 손을 털며 한마디를 보냈다.

"짠돌이 새끼!"

강토도 한마디를 얹어주었다.

개새끼들!

"이쪽으로."

회장실 층에서 내리자 여직원이 공찬욱을 안내해 갔다. 홍
회장이 비서실장을 돌아보자 실장은 이사와 함께 자리를 비켜
주었다.

"끝내셨나?"

"예……."

강토가 대답했다.

"결과는?"

"룸살롱 같은 데서 만나셨군요."

강토는 일단 떡밥부터 깔아두었다. 느닷없이 YES, NO로 답
하면 신뢰성을 의심받을 수 있었다.

"그렇소만……."

"다른 분도 있으셨네요. 아주 높으신 분 같은……."

모든 것은 추상적으로 처리했다.

"그렇소."

"이번 일, 뒤통수는 맞지 않으실 겁니다."

"확실합니까?"

"지금 도착하신 분과 그 룸살롱 안에 계시던 분, 회장님의
적은 아닙니다. 회장님이……."

홍 회장을 바라본 강토, 천천히 남은 말을 이어놓았다.

"이 자리에 계신 한."

"명언이시군."

마지막 말이 회장의 마음에 든 모양이다.

"풍선요법!"

"풍선요법?"

"저분이 이번 일의 수습에 내세운 화두입니다. 주문에 잘 맞춰주시면 원하시는 대로 마무리될 것으로 봅니다."

"풍선요법이라……."

"그럼 저는 이만."

"그래요. 나중에 또 봅시다."

마음이 공찬욱에게 달려간 회장의 겉치레 인사를 들으며 강토는 돌아섰다. 의뢰는 완수되었다. 미련을 가질 이유도 없었다.

바아앙!

차량이 폭주하고 있다. 운전대를 잡은 문수에게서 덕규가 느껴질 정도였다. 시간 때문이다. 천상그룹의 의뢰가 더해지는 바람에 다음 스케줄에 지장이 생긴 것이다.

8시의 3각 회동.

돈을 주고받는 계약관계의 의뢰는 아니지만 처음으로 한자리에 모이는 날. 그 첫날부터 지각으로 신뢰에 먹칠을 할 수 없다는 게 문수의 판단이었다.

"기도하세요."

대로에 올라선 문수가 말했다.

"무슨?"

"이 위에서 교통사고가 났거든요."

"그런데 왜 이 길로?"

"시간상 딱 수습이 되었을 타이밍이라서요. 그럼 몇 분 만에 이 길이 뚫릴 수 있거든요."

정정련에서 찜한 비리 의심 의원 10여 명의 면면을 살피던 강토가 고개를 들었다.

'이 추측이 맞을까?'

그 또한 궁금했다. 덕규가 그랬다면 헛소리 말라며 뒤통수라도 쥐어박았겠지만 머리에 컴퓨터 회로 비슷한 게 장착된 문수이다.

"……!"

빗나갔다.

대로 위에는 차량이 거북이 행진을 하고 있었다.

'풋!'

강토가 실소를 터뜨렸다. 고소해서가 아니라 문수의 인간적인 면을 보는 것 같은 안도감 때문이다.

하지만 그 안도감은 곧 강토에게 배신감을 안겨주었다. 딱 6, 7분이 지나자 차량에 속도가 붙기 시작한 것이다.

"왜요?"

멍하니 바라보는 강토를 문수가 돌아보았다.

"방 실장 말이야. 인간이 아닌 거 같아서."

"이 길 뚫릴 거라고 예견한 거 말입니까?"

"응."

"대표님 기도 때문입니다."

"그게 말이 돼?"

"되든 안 되든 그렇게 믿으세요. 사실 우리 컨설팅이 하는 일도 다른 사람이 보기에는 말이 안 되는 일들입니다."

"……?"

말이 되는 반박이다.

그사이에 문수는 전화번호를 눌렀다.

"정 선배님, 하느님이 보우하사 우리는 정시에 도착합니다. 선배님은요?"

"우리 같은 빌빌이 단체가 무슨 힘이 있나? 벌써 와 있으니 천천히 오시게."

"말씀드린 자료는 준비하셨죠?"

"오케이!"

전화기에서 정국조의 목소리가 나왔다.

"방송국 쪽은 대표님이 체크하시죠? 저는 원래 미인에게 약해서요."

조아인을 두고 하는 말이다. 강토는 별수 없이 전화기를 꺼내 들었다. 하지만 늦었다. 그 말을 듣기라도 한 듯 조아인에게서 먼저 전화가 걸려온 것이다.

"어디세요? 우린 지금 가고 있는 중이에요."

열혈 앵커 조아인, 그녀답게 씩씩한 목소리였다.

　　　　　*　　　　　*　　　　　*

　안가, 혹은 별실.

　그런 건 안기부나 청와대에만 있는 게 아니었다. 정정련이나 방송국에서도 그 비슷한 아지트를 가지고 있었다. 삼청동의 음식점. 겉은 그냥 보통에도 미치지 못하는 낡은 구닥다리 한정식집이었다. 그런데 그 지하에 아담한 벙커가 있었다. 안쪽에 자리한 딱 하나의 내실. 아는 사람만 아는 은밀한 안가였다.

　3각의 축을 이루는 여섯이 모였다.

　강토와 문수.

　정국조와 공허 스님.

　조아인과 채웅균 국장.

　주인은 간단히 상을 차리고 물러갔다.

　"필요한 게 있으면 벨을 누르세요."

　그가 남긴 말의 전부이다.

　상은 가벼운 다과였다. 떡과 한과에 반건시에 더해 차가 나왔다. 참석자 소개는 문수가 맡았다. 마지막으로 강토가 인사를 하면서 통성명이 끝났다.

　"우리 정 간사를 통해 말을 들었습니다만……."

　공동대표 스님이 먼저 입을 열었다.

　"저도 우리 조 앵커를 통해……."

　국장이 화답했다. 경과 설명은 정국조가 맡았다. 그가 비리 국회의원 공개 검증을 기획하게 된 사연을 시작으로 선정 기준과 당시에 포기하게 된 배경 등을 설명해 주었다. 장내가 조금씩 숙연해지기 시작했다.

"우리 국장님 고견을 듣고 싶군요."

스님이 채 국장에게 공을 넘겼다. 공론화하려면 방송의 보도가 절대적으로 필요한 사안. 그러면서도 정치적 파장을 고려하지 않을 수 없는 일. 국장의 속내가 궁금한 눈치였다.

"다른 사람이라면 몰라도 여기 이 대표께서 일선에 서신다니 짐을 한번 져보겠습니다. 다만 여기 뽑아 오신 열 분은 너무 많습니다."

"많다?"

스님이 끝말을 올렸다.

"주말을 제외하고 편성하면 2주에 걸치게 되고 특정 요일별로 다루면 두 달이 넘게 됩니다. 뉴스를 책임지는 사람의 경험으로써 이런 기획은 길면 길수록 우리가 불리해집니다."

"외부 압력에 노출되는 부담이 크다는 거군요?"

"그것도 있지만 여론의 물 타기나 상대의 역공 같은 것에 함께 물들게 되면 본질이 퇴색할 수 있다는 겁니다. 양비론은 생각보다 무섭습니다. 전광석화처럼 문제 제기를 하고 형성된 여론을 등에 업고 나선 후에 본격화하는 게 좋습니다."

강토는 채 국장의 의견에 공감했다. 상대는 동네 양아치가 아니었다. 대한민국의 입법, 사법, 행정과 경제권을 거의 다 장악한 사람들. 그 인맥을 동원하게 되면 동영상으로 찍어둔 증거가 아닌 이상 부작용을 고려치 않을 수 없다고 본 것이다.

"그럼 어떻게 하는 게 효과적일까요?"

침묵하던 정 간사가 물었다.

"맛보기로 몇을 묶은 세트 구성을 제안합니다. 대신 국민 정서에 먹힐 만한 소재를 골라야겠죠."

"몇이라고요?"

정 간사가 고개를 들었다.

"각 당의 의원 수 비례로 2 대 2 대 1로 해서 다섯 정도를 뽑아 한 방에 터뜨리고 그걸 기화로 여론을 형성하는 겁니다. 그 이슈를 등에 업고 나머지 작업에 돌입해서 큰 건으로 2회 정도 터뜨리고 끝내는 게 좋을 것 같습니다."

"오면서 국장님이 들려주신 의견인데 저도 공감이에요. 장기간 보도하게 되면 오히려 국민들이 식상해할 수 있거든요."

방송 현장을 지키는 조아인도 공감을 표시했다.

여론!

괜찮은 방법이었다. 하루 한 명씩 장기간 보도하는 것보다 매력적으로 보였다. 여론이 비등한다면 정치권도 별수 없을 일이다. 그러다 보면 정치권 안에서 내부 동조자도 나올 것이다.

"정 간사님."

침묵하던 문수가 입을 열고 나섰다.

"왜?"

"전에 보니까 다른 명단도 가지고 계시던데 혹시 우수 국회의원이나 청렴한 의원들 아니었습니까?"

"그런 거 비슷한 게 있기는 한데 왜?"

"그럼 자중지란을 유도하는 것도 좋은 방법일 것 같습니다."

"자중지란?"

"그분들 중에는 현재의 썩어가는 정치권에 대해 염증을 느끼거나 국회의 개혁을 주장하는 분들도 계시겠지요?"

"그야 물론."

"잘됐군요. 뉴스가 나가기 전에 그분들을 만나서 복심을 붙들어주시죠. 보도가 나가면 검증 자청, 국회 정화 등의 성명을 내면서 뉴스를 지지하게 되면 썩은 의원들의 입지가 더욱 좁아지게 될 겁니다. 어차피 대한민국에서 국회를 없앨 수는 없는 일이니까요."

문수의 지략이 빛을 내기 시작했다. 이를테면 안팎의 협공을 제안한 것이니 적절한 묘안이었다.

"그럼 방법적인 건 그렇게 가닥을 잡는다고 치고… 문제는 검증인데……."

스님의 시선이 강토에게 날아왔다.

"방 실장."

강토는 공을 문수에게 넘겼다. 그러자 문수가 준비한 서류를 꺼내 돌렸다.

"1차로 한순길과 이진용 의원의 비리 혐의입니다. 정 간사님, 가지고 계신 두 분의 자료로 대조 좀 부탁할까요?"

문수의 청을 받은 정국조가 가방을 열었다. 그 자료도 한 부씩 돌려졌다.

"참고로 양심에 걸고 맹세하건대 우리는 사전에 서로의 자료를 맞춰본 적이 없다는 걸 감안해 주시기 바랍니다."

양심!

그 말을 들으니 괜히 숙연해지는 강토였다.

먼저 이진용의 자료가 나왔다.

─골프장 건설 인허가 압력 행사에 대한 제보. 그 대가로 거액 수수.

─특정 이익 단체의 보조금 지원 법안 상정 후 단체장 등과 해외 외유 의혹.

정정련에서 간 이진용의 비리 혐의는 두 가지였다. 이번에는 강토의 자료가 넘겨졌다.

─골프장 건설로 제한 구역 해제와 관련해 골프장 측 브로커 권남규와 2회 접촉. 1회는 동년 4월 22일 오후 5시경 골프장 부지 인근 대박한우갈비 내실. 2회 차는 군청 인근의 인양해물탕 내실. 14일 후 저녁 무렵에 골프장 건설사 사장과 동 장소에서 권남규와 3자 회동. 이기돌 사장으로부터 현금 5억 수수 받고 회원권 2매 추가 보장받음.

─이익 단체 법안 상정과 관련 단체 대표와 3회 회동. 첫 회동은 4년 전 속초 세미나 후 오후 3시경 관광시장 앞 편의 물텀벙 백반의 노점 테이블. 보조금 액수 높여주는 대가로 4억 수수하고 단체장이 지인을 내세워 주선한 해외 선진 문물 견학 명목으로 외유. 뉴욕의 폴리탄 호텔 특실 1108호와 플로리다의 아이언 호텔 스위트룸에서 각 20대 여성에게 성 접대를

받음.

—기타 3년 전부터 지역 중견 기업 '다모'에 압력을 행사해 자신의 측근이 운영하는 기업에 일감 수주 압박, 그 기업의 수익 일부를 의원 활동비로 정치자금 지원받음.

강토의 자료는 사건일지를 보는 듯 구체적이었다.

"미친!"

첫 반응은 조아인에게서 나왔다. 먼저 행간을 읽어 내려간 그녀가 테이블을 내려친 것. 다들 정도는 달랐지만 반응은 크게 다르지 않았다.

이어진 한순길은 그 이상이었다. 다 까발린 것도 아닌데 참석자들은 혀를 내둘렀다. 특히 휘하 의원들의 빗나간 충성심과 곱지 않은 관계가 그랬다. 그들에게는 대한민국이 아니라 그들의 영화밖에 없었다. 지하에 차린 금고는 일부만 말해주었다. 일부만으로도 눈알을 뒤집기에 충분한 일이었다.

결론은 간단했다. 선거지원법이 어쩌고 하면서 돈 한 푼 안 들이고 당선된 고양이들이 국민의 생선을 날로 먹고 있는 꼴이었다. 분노에 앞서 서글펐다. 대한민국에 이토록 지도가 없단 말인가?

"으음……."

"음……."

스님과 채 국장의 신음이 메아리의 꼬리처럼 길게 이어졌다.

추상적인 정정련의 정보 수집을 완벽한 증거로 검증해 낸 강토의 자료. 시간과 참석자, 장소까지 적시되어 있으니 허위가 아니라면 상대가 오리발을 내밀기는 어려워 보였다. 게다가 방송이 계획되면 기자들이 일제히 보도 검증에 나설 일. 일부는 증명되지 않을 수도 있겠지만 일부만 건져낸다고 해도 그 반향은 쓰나미에 버금갈 것이다.

"이 대표님."

스님이 강토를 바라보았다.

"예."

"뇌파 분석에 기인한 독심술을 하신다고요."

"대단한 건 아닙니다."

"그럴 리가요. 저도 독심술 쓰는 분을 알기는 하지만 이 정도는 아니었는데……."

"여러분 하시는 일에 보탬이 되려고 사력을 다했을 뿐입니다."

"동시에 허무하군요. 저는 사실 이 프로젝트가 맞지 않기를 바랐습니다."

"……."

"정치권… 그 실망과 절망이야 어제오늘의 일이 아니지만 그래도 혹시나 하는 기대를 가지고 있었거든요. 그런데 이 정도라니… 그럼에도 불구하고 이런 양반들이 자신은 떳떳하고 정의로운 양 활개를 치고 다니고 있다니……."

"……."

"참으로 제가 부끄럽군요. 이런 것도 모르면서 무슨 정치를 감시하는 정정련의 대표랍시고……."

스님의 목소리는 젖어 있었다. 그 자신이 참담한 부끄러움을 느끼는 모양이다.

"그건 방송하는 저도 마찬가지입니다. 사회의 공기(公器)이자 최후의 보루라고 입만 나불거렸지 따지고 보면 입만 뻐끔거린 셈이니……."

채 국장도 침통한 표정을 지었다.

"아, 진짜 왜들 이러십니까? 그러니까 지금 우리가 모인 거 아니에요?"

분위기를 깨고 나선 건 열혈 조아인이었다.

"방금 두 분이 하신 말씀, 제가 다 녹음해 두었습니다. 그 정신으로 가는 겁니다. 우리가 이제라도 한번 정신 바짝 차리고 해보자고요!"

아인은 계속 목청을 높였다.

"조 앵커는 겁 안 나요?"

스님이 물었다.

"아핫, 실은 조금 겁나긴 하죠. 하지만 뭐 여기 이렇게 든든한 남자 분들이 다섯이나 계시니… 뭐 설마 저만 두고 튀지는 않겠죠?"

분위기를 띄웠다고 판단한 아인이 자리에 앉았다.

"좋습니다. 까짓것, 조 앵커가 이렇게 나오는 데야 우리가 몸 사릴 수 없죠. 이 대표님, 기간은 얼마나 필요합니까?"

채 국장이 강토를 바라보았다.

"일주일 안에 끝내서 여기 정 간사님과 협의를 마친 후에 자료 넘겨 드리겠습니다."

"일주일이라… 그럼 우리가 수삼 일 확인한 후에 내보내면 또 일주일 정도 후… 이 경우에는 필요하면 취재부 전원에다 드론도 투입하도록 하겠습니다."

"어이쿠, 열흘 정도 후면 여의도가 불바다 되는 겁니까?"

"여의도만 불바다이겠습니까? 관련자들도 전부 잿더미 되는 거죠."

"그전에 제가 김무혁, 배현세 의원 등을 만나보겠습니다. 청정국회 선언 주도는 김무혁과 배현세 의원이 제격이고 뜻도 있는 분들이니 뉴스만 제대로 터지면 협조해 주리라 봅니다. 그래야 방송국이 그나마 조용할 테니……."

정국조 간사가 대안을 들고 나섰다.

"문제는 이 대표시군. 혼자 너무 많은 짐을 지게 해서 무리가 되는 건 아닌지 모르겠습니다."

채 국장이 강토를 염려해 주었다.

"괜찮습니다. 보람된 일이니 조금 무리를 할 만도 하지요."

"저도 알음알음 힘을 보태겠습니다. 이번 기회에 정정련 이름값 좀 해봐야겠어요."

스님도 기염을 토했다.

다 돌아간 한정식집 지하.

강토와 조아인만 남았다.

잠시 후에 주인이 동동주와 해물파전을 내왔다.

"한 잔 하세요!"

아인이 먼저 잔을 채워주었다.

"제 잔도 받으시죠."

"에이, 그게 뭐예요? 꽉꽉 눌러요!"

아인은 주법도 화통했다. 보통 7, 8할을 채우는 데 비해 넘치도록 따르길 원했다.

"이거 무슨 술인지 아세요?"

잔을 든 아인이 물었다.

"독배라도 되나요?"

"독배 맞죠. 예전 우리 선배들, 그러니까 지금처럼 이메일이나 핸드폰, 팩스 등으로 취재하는 부류 말고 온몸으로 취재한 민완기자들은 중요한 사건 취재 나갈 때 이렇게 출정 독배주를 마셨대요."

"성공 기원?"

"그랬겠죠. 그때는 뭐 특종 잡으려고 저 천장 틈에도 숨고, 이런 테이블 밑에도 숨고, 심지어는 차량 시트 밑으로 들어간 선배 기자도 있었다고 하더군요. 그러다 걸리면 안기부에도 잡혀가고 보안사나 경찰서에도 가고… 그러니 독한 결심이 필요했겠죠."

"진짜 프로들이었군요?"

"시대가 변했어요. 우리 동기들만 해도 그런 거 하라고 하면 인격모독입네 뭐네 하면서 인권위에 제소하거나 사표 내고 나갈 걸요. 다들 그저 예쁘고 멋지게 차려입고 카메라 앞에 서는 것만 좋아하죠."

"아인 씨는요?"

"나도 그런 부류예요. 그러니까 날름 앵커 하고 있잖아요."

"솔직해서 좋네요."

"내숭 떨면 뭐 할 건데요. 그런 건 적성에도 안 맞고……"

"하긴 아까 겁난다고 했죠?"

"그건 진짜예요. 나 독심해 보세요."

"아, 또 은근히 그러시네. 아인 씨는 안 된다니까요."

"그럼 되게 만드세요. 누군 되고 누군 안 되면 이 프로젝트, 반쪽이 될 수도 있어요. 나중에 정말 중요한 사람이 걸렸는데 그 사람하고 뇌파 안 맞아보세요."

"……"

"그래도 나 안 돼요?"

"방금 전 그 말, 쥐약이네요. 정말 그런 순간이 올 수도 있을 테니… 내가 좀 더 방법을 찾아볼게요. 그런 사람에게도 뇌파 분석이 가능한 방법을."

"그거 되면 내가 일빠예요?"

"명심하죠."

"마셔요. 오늘만은 괜히 그 옛날 진짜 기자다운 선배들의 출 정주를 흉내 내고 싶네요. 마음이라도 그렇게 가지는 게 기자 의 도리겠죠?"

"아인 씨는 잘해내실 겁니다."

"강토 씨가 우선이에요. 그건 잊지 마세요. 보도란 사실에 근

거한 취재가 들어와야 할 수 있는 거니까요."

아인이 힘주어 말했다.

닭이 먼저냐, 계란이 먼저냐?

그건 사실 답이 없는 문제였다. 그런데도 그녀의 말은 귀에 쏙 꽂혀왔다. 볼수록 당찬 여자였다.

제7장
지우개 똥만도 못한 기억

늦은 밤에야 사무실에 도착했다. 덕규가 퇴근하지 않고 기다리고 있다는 문자를 보내왔기 때문이다.

"들어가."

입구에서 강토는 문수를 퇴근시켰다. 그런 다음 천천히 계단을 올라갔다. 마침 덕규는 사무실에서 나오는 중이었다.

"형, 아니, 대표님!"

"나 오는 거 봤냐?"

강토가 물었다.

"아니, 나 잠깐만……."

덕규가 강토를 끌었다.

"손님?"

덕규의 설명을 들은 강토가 고개를 들었다.

"그렇다니까. 아까부터 왔는데… 조금만 기다린다는 게 벌써……. 가라고 해도 말도 안 듣고… 내쫓자니 분위기가 너무 무거워서……."

손님은 차영아였다. 그녀가 벌써 퇴원을 한 모양이다.

"알았다. 내가 만나볼 테니까 너는 차 시동이나 걸어라."

"알았어."

덕규의 대답을 들으며 강토는 사무실 문을 열었다. 창가 소파에 앉아 핸드폰을 보던 차영아가 강토를 바라보았다.

"퇴원하신 건가요?"

강토가 먼저 물었다.

"네……."

차영아는 자리에서 일어나 강토를 맞았다.

"그냥 앉으세요. 아까부터 오셨다고요?"

"네……."

"인사 오신 거면 그러실 필요 없는데……."

"이거 드려야죠. 생각해 보니 부채를 안고 죽을 뻔했더라고요."

차영아가 내민 건 돈 봉투였다. 그러고 보니 그녀가 꼴찌였다. 그러니 그녀가 의뢰 금액을 지불해야 했다. 각서에 사인까지 마친 마당이다.

"이런 건 필요 없습니다. 사람 목숨이 중요하지요."

"제겐 중요해요."

여자가 다시 봉투를 밀어놓았다. 강토는 별수 없이 봉투를 받았다.

"몸은 괜찮으세요?"

"덕분에……."

"그만하시길 다행입니다."

"고맙습니다."

"별말씀을. 제가 병 주고 약 준 건 아닌지 모르겠네요."

여자들의 오기. 남자는 이해할 수 없는 그 오기. 그곳에서 치명타를 맞은 전문의 차영아. 그 치명타를 알게 한 것도 강토였고, 그녀를 죽음 직전에서 건져온 것도 강토였다.

"죽기 전에 당신 얼굴을 봤어요."

"……."

"깨어났을 때도 당신 생각이 났지요."

"……."

"갑자기 궁금해졌어요. 당신, 어떻게 그 남자의 마음을 읽을 수 있었죠? 아니, 정확히 말하면 브레인, 즉 뇌였죠. 그리고… 내가 자살할 거라는 걸 안 것도 내 뇌를 읽은 건가요?"

"……."

"나는 뇌 전문가라고 자부해 왔어요. 그런 나도 그 인간의 머릿속만은 알 수 없었죠. 만약 알았더라면 그렇게 어리석지도 않았겠지만."

"……."

"말해주세요. 당신, 뇌 과학자 아니잖아요? 오정화에게 들은 기억으로는 뇌파로 상대의 마음을 읽어내는 능력을 가졌다고 하더군요."

"그건 맞습니다."

"그래서 내가 자살할 걸 알았군요?"

"그냥 감만……."

"맙소사, 그런 게 정말 가능해요? 다른 방법을 쓴 건 아니고 요?"

"아닙니다."

"솔직히 말해주세요. 사실 뇌를 전공했지만 뇌의 영역과 기능은 손에 잡힐 듯 잡힐 듯 잡히지 않는 영역이었어요. 그래서 환자 치료도 잘 안 되고 재미도 없어 따분하던 차라 엉뚱한 욕망에 사로잡혔는데……."

"……."

"당신 말이 사실이라면 다시 한 번 도전해 보고 싶어요."

"뇌를요?"

"네, 뇌."

"다른 건 모르겠고, 한 가지 서비스는 해드릴게요."

"서비스?"

"설렘 말입니다. 사실 선생님이 원한 거 그거였겠죠. 소녀의 설렘. 그게 조금 삐뚤어져 욕망이 되었겠지만……."

"설마……?"

"마약 같은 거 아닙니다. 한번 믿어보세요."

"……."

"뇌 기능과 관련된 거예요. 나아가 당신의 새 삶에 보내는 응원과 이렇게 알아서 의뢰 금액을 가져온 것에 대한 보답."

"……."

"눈을 감으세요."

"이렇게요?"

"이제 당신은 기분이 좋아질 겁니다. 절망과 쪽팔림, 부끄러움과 욕망은 다 사라지고 가장 순수한 사랑의 설렘과 행복감을. 당신 뇌 안에서… 도파민과 세로토닌이 분비되면서……."

"정말 그게 가능하다면 그 치욕과 수치를 말끔히 지워주세요. 미술용 지우개처럼요."

"그러죠.

강토의 말과 함께 차영아의 입술이 살며시 올라가기 시작했다. 긴장한 얼굴 근육도 하나 둘 부드럽게 펴지는 게 보인다. 매직 뉴런 때문이다.

강토의 매직 뉴런은 전전두엽을 지나 시상하부에 이어 뇌하수체를 가볍게 자극하고 있었다. 그게 설렘을 만들었다. 다음으로 꺼내 든 건 도파민이었다. 뇌 안에는 복측피개령과 측좌핵이라는 부위가 있다. 측좌핵에서 도파민을 만들어주면 복측피개령이라는 부위에 전달된다. 이렇게 하면 기쁨의 감정을 느낄 수 있다.

스파인!

매직 뉴런의 자극을 받은 스파인들은 한껏 부풀었다. 신호 전달 효율은 최고에 달했다.

차영아는 강토가 말한 모든 걸 느끼게 되었다. 착각이 아니라 자신의 뇌에서 만들어진 진짜 감정이었다.

"어떠세요?"

"세상에!"

차영아는 아직도 웃음 속이었다. 볼에 홍조도 피었다. 놀라움조차도 그 안에 함께 묻어 있었다.

"대체 어떻게 한 거죠? 기분이 너무 편하고 좋아요."

"잘 모릅니다. 이론적으로 알아내는 건 당신들 의사의 몫이죠. 그런데 그 사명을 남겨두고 죽으면 안 되죠. 내 말 맞죠?"

"네, 이 대표님!"

차영아는 부드러운 미소로 다부지게 대답했다. 다행히 삶의 희망 한 조각을 찾은 표정이다.

"차 가져오셨어요? 아니면 직원에게 태워다 드리도록 하겠습니다."

"아뇨. 혼자갈 수 있어요. 대신 부탁 하나만 들어주세요."

"말씀하시죠."

"혹시 방금 전에 하신 거, 다른 사람에게도 가능한가요?"

"일부에게는 가능할 겁니다."

"그럼 나중에 시간 나실 때 우리 병원에 한 번만 방문해 주세요."

"제 뇌 조사하시게요?"

강토가 웃었다.

"그럼 좋지만 그건 대표님이 허락하셔야 할 문제이고, 고통

속에 죽어가는 제 환자들에게 방금 그거 한 번만 빌려주셨으면 해서요."

"당신이 열심히 사실 거라고 약속하면 저도 약속하죠."

"약속해요!"

차영아가 웃었다. 이번에는 그녀 자신의 의지로 만든 미소였다. 이제는 걱정하지 않아도 될 것 같았다. 그녀의 미소로 알 수 있었다.

"그 여자 분 갔냐?"

사무실 문을 잠그고 내려온 강토가 덕규에게 물었다.

"응, 대체 어떻게 한 거예요? 아까하고는 표정이 확 달라진 거 같던데……."

"내가 서비스 좀 해줬지."

"사무실에서?"

덕규가 정색을 하며 소리를 높였다.

"너 무슨 생각 하는 거야?"

"형이 저 여자 구하고 와서 그랬잖아. 저 여자 무지하게 색골이라고. 색골 위로라면 뻔한 거 아냐? 소파에서 웅웅웅!"

"죽을래?"

"아니야?"

"가서 차나 가져와!"

강토가 빽 소리쳤다. 덕규에게는 그게 약이었다.

벙커에 도착했다. 어디선가 나타난 그레옹이 야옹 하며 강토를 맞아주었다.

"야야, 저리 가라. 우리 대표님 피곤하시다."

덕규가 손사래를 쳤지만 고양이는 움찔 물러서다가 다시 다가섰다.

"왜?"

강토가 고양이를 끌어안았다. 고양이는 담장 위로 시선을 돌렸다. 거기 또 다른 고양이가 보였다. 까만색이다.

야옹!

그레옹은 앓는 소리를 냈다. 뭔가 호소하는 눈빛. 강토는 회색 고양이를 내려놓고 검은 고양이에게로 다가갔다. 검은 고양이는 등가죽이 찢어져 있었다. 누군가 날카로운 것으로 테러를 한 모양이다. 그걸 안고 벙커로 내려갔다.

"형!"

"구급함이나 가져와라."

"아, 진짜… 형은 다 좋은데 정이 많아서 탈이라니까."

덕규가 투덜거리며 구급함을 내놓았다.

"누가 뭘 던진 모양이다. 아니면 찔렀든지."

고양이의 등은 붉은 살점을 드러내고 있었다.

"아, 쪼잔한 새끼들. 왜 고양이한테 스트레스를 풀고 지랄이야."

치료를 마친 강토가 고양이를 안고 나왔다. 그레옹은 그때까지도 있었다. 혼자가 아니라 여럿이었다. 그들 앞에 붕대를 감은 검은 고양이를 내려놓았다.

야옹!

그레옹이 다가와 검은 고양이의 얼굴을 핥아주었다.

"데려가. 며칠 지나면 괜찮아질 거야."

강토가 그레옹의 등을 쓸었다. 그레옹은 강토를 한 번 바라본 후 무리를 이끌고 멀어졌다.

차영아와 다친 고양이.

그들 사이에 또 한 얼굴이 겹쳐왔다. 어린아이 은서였다.

"형님, 저 이강토입니다."

벙커로 내려와 반 검사에게 전화를 걸었다.

"웬일이야?"

"궁금한 게 있어서 신세 좀 지려고요."

"말해봐."

강토가 궁금한 건 은서의 근황이었다. 의식이 돌아왔다는 말까지는 들었는데 범인에 대한 수사가 어떻게 되고 있는지 알고 싶었다.

반 검사는 조금 후에 전화를 걸어왔다.

"담당 유 검사랑 통화했는데 피해자 진술은 끝났다네. 사건이 워낙 악랄하고 중대한 데다 아이의 정신적 충격을 감안해서 판사 동의 하에 진술을 파일로 기록하는 걸로 끝냈대. 그런데 왜?"

"아이가 좀 안정되었으면 병문안 좀 갈까 하고요."

"오, 역시 내 아우님!"

"놀리지 마십시오."

"놀리는 거 아니고… 언제 갈 건지 말하면 나도 꼽사리 좀 끼려고."

"형님이 왜요?"

"왜라니? 내 사건도 공판 시작될 거 있잖아? 그거 공판 검사가 전전긍긍이더라고. 게다가 은서 사건 담당 검사도 아우님 한번 보고 싶어하길래……."

"주제넘게 끼어든다고 변호사법 위반 같은 걸로 쇠고랑 채우려는 거 아니고요?"

"어떤 새끼가 그래? 아우님 건드리는 놈은 내가 그냥 안 둬."

반 검사가 힘주어 말했다. 스피커를 타고 오는 목소리가 듣기 좋았다.

"저는 일이 좀 밀려서 아침 일찍 가볼 생각인데… 공판은 걱정 말라고 하시고요, 이번에는 그냥 마음만 접수할게요."

강토는 전화를 끊었다.

맛보기 자료 때문이다. 일은 자꾸만 밀려드는 상황. 자칫하다가는 펑크를 낼 우려도 있었다.

노트북 앞에 앉으니 문득 이름 하나가 스쳐갔다.

검사 공찬욱!

반석기의 연상 작용일까? 천상그룹에서 본 공찬욱이 떠오른 것이다. 못 볼 꼴이었다. 달리 말하면 그는 재수가 없었다. 하필이면 거기에 등장해 강토에게 비밀을 따먹히다니.

'어쩐다?'

의도하지 않은 일이었다. 그러나 그냥 넘기기에는 몹시도 켕겼다. 정치인들과는 또 다른 사람, 검사. 법을 집행하는 사람의 비리이다 보니 피가 끓었다.

기억 속의 기억을 정리했다. 아직은 문수에게도 넘기지 않은 날것. 한편으로 생각하면 잘된 일이다. 반 검사의 의지를 확인할 기회이기도 했다.

'공찬욱을 털어줄까?'

궁금했다. 반 검사는 나름 정의로운 사람. 그러나 같은 지검의 선배 검사. 용기를 갖지 않고는 수행할 수 없는 일이다. 공찬욱의 비리를 정리한 서류를 출력해 두고 자리에 누웠다.

핸드폰을 뒤지다 보니 아버지가 보낸 문자가 보였다. 다른 문자에 묻혀 지나갔던 모양이다.

—이 대표, 여기 기억나?

아버지의 문자에는 사진이 두 장 붙어 있었다. 캄보디아였다. 오지 '코욱 무언'이다. 강토가 떨어진 그 스펑(spoan)나무였다.

—일단 여기 지어준 학교부터 보수해 주기로 했다. 그새 많이 망가졌어. 있는 거부터 지켜야겠지?

코욱 무언!

그리고 스펑나무!

두 단어가 강토를 야전침대에서 일어나게 만들었다.

"모기야?"

막 잠이 들려던 덕규가 물었다.

"아니, 얼른 자라."

다시 침대에 누워 담요를 뒤집어썼다.

─말씀이라도 하시면 공항에 나갔을 텐데요. 건강하게 계시다 오세요.

답문을 보냈다. 캄보디아는 한국과 2시간 차이. 그렇다고 해도 이른 시간이 아니니 아버지를 방해하고 싶지 않았다. 담요 속에서 눈을 뜨니 어둠이 가득했다. 시나와 쏜이 생각났다. 그때 캄보디아에서 그들과 이렇게 놀았다. 먼지 냄새 폴폴 나는 담요를 뒤집어쓰고 시시덕거리면서.

배가 늘 아프던 시나.

간이 좋지 않아 눈동자가 노랬던 쏜.

잘 있을까?

아픈 아이들을 생각하니 은서가 더 가까이 다가왔다. 아버지의 말도 겹쳐왔다.

─있는 거부터 지켜야겠지?

은서에게 해당하는 말이다.

강토는 은서를 생각하며 잠이 들었다.

"어머, 대표님!"

다음 날 새벽, 강토를 본 은서 어머니가 화들짝 놀라 일어섰다. 6인실로 옮겨온 은서는 잠이 들어 있었다. 어머니는 그 곁에서 밤을 새워 아이를 돌본 모양이다.

"쉬잇!"

강토는 손가락을 입술에 대며 정숙을 요청했다. 은서 어머니는 끄덕 고갯짓으로 순종했다. 은서는 종종 경련하고 있었다. 얼굴이 구겨지고 손가락도 떨었다. 더러는 공포에 겨운 신음 비슷한 소리를 내기도 했다.

"많이 좋아지긴 했는데도……."

어머니가 눈물을 훔쳤다.

"이제 괜찮아질 거예요."

강토는 그녀에게 음료수를 뽑아주었다.

"아니에요. 벼룩도 낯짝이 있지… 그때 드린 돈도 다 병원비로 보태주시고 가고……."

"아셨어요?"

"직원 얘기 들었어요. 그 시간에 이런 얼굴… 누가 있겠어요?"

"그럼 빨리 받으세요. 응원하는 사람 실망시키고 싶어요?"

"……."

강토의 말에 감동을 먹은 은서 어머니는 주저주저 음료수를 받아 들었다.

"진술은 잘 끝났나요?"

"예, 여러분이 도와주셔서……."

"은서는요? 얼마나 더 있으래요?"

"이제 집에서 통원 치료해도 된다는데 집으로 가면 은서가 또 혼자 있어야 해서……."

"그렇군요."

강토가 고개를 끄덕거렸다. 그걸 몰랐다. 가난한 은서네 집.

돈을 벌어야 하는 엄마, 은서 어머니의 걱정은 괜한 게 아니었다. 순간, 조아인이 떠올랐다. 수없이 많은 기부 프로그램과 이웃돕기 코너들. 은서를 비껴갔다니 믿기지 않았다.

"조 앵커님, 일어났어요?"

강토는 조아인의 새벽에 기습을 날렸다.

"아, 진짜… 남의 잠을 그렇게 깨우는 사람이 어디 있어요? 몰상식하게!"

단박에 달려온 조아인이 투덜거렸다.

"그래도 화장은 다 하고 오셨네?"

"허, 미안하지만 기초밖에 못 발랐거든요. 그런데 은서가 왜요?"

"우리 동업자죠?"

"동업자?"

"청정국회인지 뭔지 같이 하기로 했잖아요."

"그런데 왜 은서냐고요?"

"은서한테 내 등 떼민 사람이 누군데요?"

"그야……."

"그때 나 두말없이 달려와서 범인 검거 도왔거든요."

"그건 인정."

"그런데 조 앵커는 왜 아무 일도 안 한 거죠?"

"안 하다뇨? 제가 은서 뉴스 얼마나 챙겼는데요? 1분 30초짜리 보도문을 3분으로 늘인 것도 나예요."

"그래봤자 은서, 돈 때문에 퇴원도 못하고 있잖아요. 아인 씨 생각에는 병원에 있는 게 나아요, 집에 있는 게 나아요?"

"그야 치료 어느 정도 끝났으면 집에서……."

"은서가 엄마랑 같이 사는 건 알죠?"

"네."

"그 엄마가 일 다녀야 하는 것도 알죠? 그래야 은서네가 먹고살 수 있다는 거."

"어머!"

"잘 알지도 못하는 나한테 범인 잡으라고 등 밀었으면 그런 지원 정도는 방송국 차원에서 해줄 수도 있는 거 아닌가요? 요즘 남 도우려고 혈안이 된 사람도 많던데……."

"은서 어머니 어디 계세요?"

벌겋게 상기된 아인이 복도를 돌아보았다.

"어머니!"

강토는 자판기 앞의 은서 어머니를 불렀다. 아인이 다가가 몇 마디를 나눴다. 그러더니 더 붉어진 얼굴로 강토에게 돌아왔다.

"미안해요. 내가 이웃돕기 프로그램 하는 PD 선배에게 언질을 해두었는데 이 인간이 씹어버린 모양이에요."

아인은 그길로 전화기를 뽑아 들었다. 그리고 바로 핵탄두급 짜증을 작렬시켰다.

"선배, 지금 제정신이야?"

몇 번의 핵탄두를 퍼부은 아인이 전화를 끊었다. 강토는 그냥 지켜보기만 했다.

"오후에 온대요. 독지가 몇 명 연결시켜 줄 거예요."

"믿어도 되는 거죠?"

"아니면 내 머리에 뇌파 쏴보시던가?"

아인이 이마를 쓸어 올렸다.

"그건 아직……"

강토가 꼬리를 사렸다.

"됐으면 가도 되죠? 여기서 방송국 가려면 한 시간이거든요."

"고마워요."

"됐어요. 은서 깨어나면 힘내라고 전해주세요. 방송국 예쁜 언니가 응원하고 있다고."

"그러죠."

예쁘긴 예쁘지. 그건 인정!

강토는 그녀의 뒷모습을 보며 고개를 끄덕였다.

*   *   *

아침 햇살!

그건 누구에게나 공평했다. 부드럽게 창문을 넘어온 햇살이 은서 이마에 닿았다. 은서는 눈을 뜨고 있었다. 다소 멍한 표정이다.

"은서야, 인사드려. 나쁜 아저씨 잡게 해준 분이셔."

은서 어머니가 침대 머리에서 은서에게 말했다.

"안녕하세요?"

처음 들어보는 아이의 목소리. 맑은 소리에 먹구름이 살짝 낀 느낌이다. 죽음의 문턱에서 돌아왔다지만 거대한 악몽에서 다 회복되지 못한 어린 소녀.

"은서, 잠들면 나쁜 꿈 꾸니?"

강토가 조금 다가서서 물었다. 은서는 끄덕 고갯짓으로 대답했다. 고갯짓 사이로 매직 뉴런을 출격시켰다. 은서의 기억은 어떻게 변했을까? 그 악몽은 어떤 기억으로 남았을까?

'윽!'

강토는 바로 미간을 찡그렸다. 짐작은 했지만 좋지 않았다. 아직 장기 기억으로 변환된 것도 아니건만 그보다 더 강력하고 거친 돌기를 가진 뉴런이 즐비했다. 흡사 카오스, 혹은 질서가 사라진 폭력 지대에 선 기분이다.

그 안에서 가해자는 폭군이자 마왕으로 군림하고 있었다. 언제든 유사한 감정, 유사한 단어가 나오면 득달처럼 튀어나올 준비를 갖추고 있는 것이다.

'개자식!'

욕이 안 나올 수 없었다. 범인은 죄송하다고 말했다. 그 한마디로 그는 죗값을 치렀다. 범인의 입장에서는 그랬다.

잘못했다고 했잖아? 그런데 뭐?

강토 앞에서 범인의 환상이 뻔뻔스레 말했다. 그 이미지가 고스란히 은서의 기억 안에 있었다. 공포와 징그러움, 절망과 끔찍함, 그것들이 교대로 출격하며 은서를 공포 속에 몰아넣는 것이다.

'후우!'

매직 뉴런을 거두며 숨을 골랐다. 은서에게 상기된 모습을 보여주기 싫었다.

"아저씨가 나쁜 꿈 안 꾸는 법 알려줄까?"

은서를 바라보며 물었다. 이마나 볼에 손은 대지 않았다. 그런 친절은 은서 어머니로 충분했다.

끄덕.

다시 고갯짓으로 대답하는 은서. 그래도 다행히 강토에게 경계심은 갖지 않았다. 뉴런 덕분인 것 같았다. 비몽사몽 중에, 그리고 방금 교감을 나눈 강토와 은서. 그 교감이 정서로 남아 경계심을 덜어준 것으로 보였다.

"그럼 엄마랑 세수하고 조금만 기다려. 아저씨가 준비를 좀 해야 하거든."

"어떻게 하는 건데요?"

"마법. 우리 은서 괴롭히는 마귀 물러가라, 얍!"

강토는 마술사들의 동작을 따라 했다.

"마술사 아닌 것 같은데요?"

그 동작이 어설펐을까? 은서가 배시시 웃었다. 나쁘지 않았다.

"그래도 효과는 최고야. 엄마한테 물어봐."

강토는 은서 엄마에게 SOS를 보냈다. 은서가 어머니를 돌아보았다.

"그럼. 아저씨가 엄마도 고쳐줬는걸."

은서 어머니는 확실하게 구조 요청을 받아주었다.

"그거 아파요?"

은서가 물었다.

아니.

강토는 고개를 가로로 저어 목소리를 대신했다.

"어디로 가는 거 아니죠?"

끄덕.

이번에도 단지 고갯짓. 그게 마음에 든 건지 은서가 또 배시시 웃었다.

"아유, 우리 은서 좋겠네. 저 아저씨 굉장한 마법사거든. 정말 은서를 도와줄 거야. 자, 세수하러 갈까?"

은서 어머니는 침대에서 내리는 은서를 도와주었다. 강토의 전화기가 울린 건 그때였다. 조금 전에 문자를 날린 반 검사, 그가 도착한 모양이다.

강토는 복도로 나왔다. 세 검사가 들어서고 있었다.

"이어, 아우님, 늦어서 미안. 우리 유 검사가 어제 조폭 애들 때문에 밤을 새웠거든. 그리고 이쪽은 공판 담당할 주 검사."

반 검사가 동행한 두 검사를 소개했다.

"안녕하세요?"

"안녕하세요!"

강토는 검사들과 마주 인사를 나누었다.

"진짜 올 줄은 몰랐습니다. 시간도 이른데……."

"무슨 소리야? 우리 셋의 VVIP신데. 안 그래?"

"그럼요!"

"당연하죠."

반석기가 두 검사를 돌아보자 둘은 다투어 공감을 표했다.

"말씀이라도 고맙습니다. 그런데 한 가지 자문이 필요한데……."

강토는 은서의 사건을 지휘하는 주 검사에게 시선을 돌렸다.

"말씀하세요."

"은서 말입니다. 증언이나 진술 같은 거, 이제 다시 안 해도되는 겁니까?"

"물론이죠. 원래는 한두 번 더 할 수도 있지만 재판부하고범인 변호사가 합의를 끝냈습니다."

"제 말은 나중에라도… 예를 들면 고법이나 대법원 같은 데서 재심을 다투게 될 때……."

"여러 단체에서도 증인으로 나서서 진술을 듣고 영상으로 남겼으니 큰 문제 없을 겁니다. 그런데 왜요?"

"제가 뇌파 전문가 아닙니까? 은서가 충격을 받은 부위를 약간 회복시켜 볼까 생각 중인데 혹시라도 성공하면 그 사건 장면이 아이의 기억에서 희미해질 수도 있어서요."

"동영상과 진술, 범인의 자백과 옷, 손톱, 신발… 여러 곳에남은 DNA 증거가 확보되어 있고요, 범인 검거 후에 목격자도두 명 나왔습니다. 아이가 좋아질 수만 있다면 쌍수를 들고 환영합니다."

주 검사는 반색을 하고 나왔다. 그건 강토도 마찬가지였다.

혹시나 싶은 우려 때문에 미뤄둔 은서에 대한 조치를 이제는 마음 놓고 할 수 있게 되었다.

"그럼 세 분은 어디 해장국집이라도 가셔서 기다리시죠. 밤 새우고 오신 분도 있다니 해장은 제가 쏘겠습니다."

"NO, 해장은 내가 쏜다. 끝나면 전화하라고. 해장국 식지 않게 불 따끈하게 때고 있을 테니까."

반 검사가 두 검사와 함께 돌아섰다.

강토는 휘파람을 불며 병실로 들어섰다. 세수를 마친 은서가 침대 맡에서 머리를 털고 있었다.

"오, 은서 예쁜데?"

아이의 머리카락에 남은 물기가 생동감을 느끼게 했다. 은서 어머니는 은서의 머리를 정성껏 빗고 머리핀까지 채워주었다. 강토는 보았다. 그녀의 손이 전율하고 있는 것을. 아이보다 어른이 먼저 긴장하고 있었다.

걱정 마세요!

강토는 찡긋 윙크로 신호를 보냈다. 어머니는 얼굴을 붉히며 물러났다.

"자, 그럼 우리 은서, 나쁜 꿈 좀 지워볼까?"

강토가 은서에게 다가섰다.

"지우개로요?"

"응? 그래. 지우개."

"머릿속에 지우개 똥은 안 떨어지게 해주세요."

은서는 아이처럼 웃었다.

지우개 똥이란다.

저렇게 해맑게 자라야 할 아이. 그러나 악마를 만난 아이. 그런 아이에게 도움을 주려는 강토. 생각해 보니 그만한 모순도 없었다. 이거야말로 병 주고 약 주는 꼴이 아닌가? 아이에게는.

—그래, 그렇게 웃어야지.

—그 미소를 내가 찾아줄게.

강토는 두 손으로 은서의 눈을 가만히 감겼다.

"눈 감고 그냥 편하게 있으면 돼. 엄마 손 잡고, 먹고 싶은 거 있으면 생각해도 되고."

"치즈 피자 생각해도 되요?"

은서가 눈을 감은 채 대꾸했다.

"그럼!"

"침 흘리면 어떡하죠?"

"못 본 척해줄게."

"꼭 그래주세요. 애들이 알면 놀릴지도 몰라요."

"응."

가만히 대답하는 강토. 그사이에 매직 뉴런은 이미 은서의 뇌 속으로 달려가고 있었다.

걱정 마.

잘 지워줄게.

차영아의 수치를 지워준 지우개. 이제는 은서의 악몽을 겨누었다.

강토는 세 가지를 생각했다.

ー글루타메이트!

ー해마!

ー대뇌전두연합령!

글루타메이트는 아미노산의 일종이다. 글라이신과 더불어 주로 불쾌하고 두려운 기억에 연관된다. 특히 글루타메이트는 외상후스트레스 장애에 결정적인 역할을 한다.

다음으로 해마. 해마는 단기 기억을 총괄하는 기억 서랍.

이 해마의 수상돌기가 짧아지면 문제가 생긴다. 같은 영역에 있는 뉴런들이 어디로 돌기를 뻗어야 할지 혼란에 빠지는 것. 이렇게 되면 해마와 시상하부, 혹은 해마와 대뇌피질 등의 뉴런 연결이 불가능해져 해마의 기억이 상실될 수 있었다.

마지막의 대뇌전두연합령 역시 기억과 연관된다. 이 대뇌 전두연합령은 대뇌의 편도핵에 작용해 좋지 않은 기억을 상기하지 못하도록 억제하는 메카니즘을 가지고 있다.

그러니까 강토의 구상은 글루타메이트라는 최소한의 안전판을 장치하고 성폭행의 기억을 지우려는 최대한의 효과를 노리는 것.

강토는 글루타메이트부터 조심스럽게 조절했다. 은서의 공포감이 평균치를 넘지 않도록. 아이다운 공포감, 그 이상으로 발현되지 않기를.

다음으로 해마와 대뇌전두연합령을 체크했다. 기억의 서랍들 안에서 범인의 얼굴을 스캔해 냈다. 범인의 얼굴이 나왔다.

거기 딸린 영상들은 순간순간 변하고 있었다.

'가능할까?'

새로운 시도를 할 때마다 달려드는 긴장감. 이번 긴장은 다른 어느 때 못지않게 강토를 몰아붙였다. 하지만 부정적인 생각은 하지 않았다. 글루타메이트는 이미 성공. 그러니 기억을 지우는 일에 실패한다고 해도 은서의 공포감은 어제와 다를 것이다.

'부탁해, 매직 뉴런.'

후끈 가슴에 모은 에너지와 바람을 매직 뉴런에 보태주었다. 비원을 받은 매직 뉴런들이 범인의 기억을 수용하고 있는 은서의 뉴런 돌기로 달려들었다.

스치고 또 스쳤다.

끊고 또 끊었다.

그렇게 매직 뉴런들이 빠짐없이 훑고 간 은서의 뉴런. 그 기억의 돌기와 마디는 짧고 밋밋하기 그지없게 변해 있었다.

'후우!'

은서 몰래 한숨을 쉬었다. 강토가 먼저 가만히 눈을 떴다. 은서 어머니는 뭔가를 맹렬하게 기원하고 있었다. 그녀도 물론 눈을 감은 채였다.

'확인할 차례……'

숨을 골랐건만 등골로부터 진땀이 홍수를 이루고 있었다. 이마에서도 땀이 쏟아졌다. 소매로 스윽 땀을 훔쳐 낸 강토가 마침내 은서의 두 볼을 싸안으며 말했다.

"눈 떠도 돼."

"이렇게요?"

은서가 눈을 떴다. 그러자 어머니도 뒤따라 눈을 떴다.

"기분 어때?"

강토가 물었다.

"좋은데요?"

은서가 웃었다. 징조가 좋았다. 지우개 똥만도 못한 놈의 기억이 사라진 모양이다.

"은서, 왜 병원 온 건지 알아?"

"병원? 아파서 온 거 아니에요?"

"어디가 아파서?"

"글쎄요. 머리도 아프고 배도 아프고… 꼬추도 조금 아프고……."

"맞아. 배 아프고 오줌통이 아파서 온 거야. 그거 이제 곧 나을 거니까 다 괜찮아질 거야."

"아저씨도 의사예요?"

"응? 의사는 아니지만 나쁜 꿈 지워주는 사람."

"나쁜 꿈? 은서가 나쁜 꿈 꿨어요?"

"응. 이제 괜찮을 거야."

"와아, 그럼 나 이제 집에 가도 되는 거예요?"

"응."

강토는 자신도 모르게 은서를 품에 안았다. 침대 옆에 있던 어머니는 끝내 주저앉고 말았다. 그녀는 그 눈물과 절규를 은서에게 보이지 않으려고 꺽꺽 소리만 낼 뿐이었다.

은서는 바로 정신과 의사들에게 보내졌다. 결과는 좋았다. 강토의 노력이 빛을 본 것이다. 은서는 성폭행을 당한 기억을 거의 잊고 있었다. 그날 아침, 은서에게 일어난 지옥의 악몽은 이제 은서의 인생이 아니었다.

"이 대표님!"

은서를 병실에 두고 나온 어머니는 결국 강토의 손을 잡고 눈물을 쏟기 시작했다.

"쉬잇, 이러시면 은서가 다시 악몽을 기억하게 될지도 몰라요. 의사와 간호사들도 그 부분은 아예 언급하지 않기로 했으니 어머니도 명심하세요."

"하죠. 하고말고요."

"그리고 제 생각인데… 학교는 전학을 가시는 게……."

"알겠어요. 대표님이 시키는 대로 할게요."

은서 어머니는 맹세하고 또 맹세했다. 마음이 흥건하게 녹아든 그녀의 맹세는 강토에게도 최루가스가 되어 날아왔다.

"그럼 저는 약속이 있어서 그만……."

가스가 매워 바삐 돌아섰다. 그래도 주문 전화 한 통은 잊지 않았다.

"00호 병실로요, 치즈 피자 제일 맛있는 걸로 식기 전에 가져다주세요!"

지우개 똥!

강토는 빌었다.

치즈 피자, 부디 은서가 먹고 싶어하던 그날의 그 맛이 나기를. 꼭 그렇기를…….

제8장
대붕의 날개

"어서 오시게, 아우님!"

음식점에 들어서자 반 검사가 반색했다. 강토는 그 옆에 앉았다. 앞에는 두 검사가 포진하고 있다. 식사는 곰탕이었다. 우윳빛 육수가 뽀얗게 시선을 끌고 있다.

"다시 한 번 고맙습니다. 나는 은서를 볼 때마다 머리가 띵해지거든요."

유 검사가 웃었다.

"별말씀을……."

강토는 겸손하게 응수했다.

"왜 아니겠어? 만약 범인 못 잡았어봐? 어린이 단체부터 여성 단체까지 난리가 났을 거야."

반 검사도 동의했다.

"하여간 이 나라에 꼴통들이 너무 많다니까요. 사이코패스도 점점 늘고 있고."

유 검사가 고개를 저었다.

"조폭들도 잔머리 굴려?"

"당연하죠. 그 새끼들은 반변호사 아닙니까? 저희들끼리 전과 경험을 바탕으로 알 건 다 알고 방어합니다. 반 선배님 때하고는 또 달라요."

"자백은?"

"겨우 받았죠. 수사관들 보내서 현장도 확인했고."

"다음에는 너무 속 썩이는 사건 나오면 우리 아우님에게 부탁해 봐. 물론 공짜로는 안 되겠지만."

반 검사가 슬쩍 강토를 띄워놓았다.

"진짜 그래도 됩니까? 잘 좀 부탁합니다."

유 검사가 강토를 향해 고개를 꾸벅 숙여왔다.

"어때, 아우님? 좀 봐줄까?"

반 검사는 여유만만이다. 강토는 그저 목례로 받아넘겼다.

"말씀만 들어도 영광인데… 은서 말입니다."

강토가 천천히 입을 열었다.

"은서요? 말씀하세요."

유 검사가 강토와 시선을 맞춰왔다.

"아까 말씀드린 대로 뇌파로 충격을 조금 낮춰주고 왔습니다. 다행히 잘 되어서 사건 기억을 많이 잊었습니다. 그러니……"

"정말입니까?"

"예. 의사들 확인까지 마치느라 늦었습니다."

"어이쿠, 그럼 이 대표님께서 치료까지 한 셈이군요?"

"그건 아니고… 충격을 받은 뇌파를 찾아 조금 더 강한 뇌파로 눌러주면 충격이 완화되는 수가 있기도 하거든요."

강토는 대충 둘러대었다.

"뇌에 관한 건 잘 모르지만 아무튼 잘되었네요. 은서에 관한 건 제가 책임질 테니 걱정하지 마십시오."

유 검사가 다짐을 놓았다. 강토는 비로소 마음이 놓였다.

"사실……."

듣고 있던 공판 주 검사가 끼어들었다.

"나도 은근 걱정하던 차인데 마음이 놓이는군요."

"웬 걱정?"

반 검사가 주 검사를 바라보았다.

"워낙 난이도가 높은 사건 아닙니까? 최면술을 이용한 살인. 사실 피의자가 변심하면 입증하기 쉽지 않은 일이라고요. 더구나 국적이 중국인이라……."

"내 말 못 믿었군?"

"못 믿는다기보다 사안이……."

"알았어. 백문이 불여일견이라잖아? 우리 아우님 한번 믿어보라고. 저기 유 검사처럼."

반 검사의 목소리에는 확신이 가득했다.

"그럼 나는 이 대표님만 믿습니다. 보름 후 잊지 마세요."

주 검사는 한 번 더 다짐을 놓고 유 검사와 함께 먼저 일어섰다.

"사람들, 소심하기는. 속고만 살았나?"

반 검사는 그들 뒤통수에 대고 입맛을 다셨다.

"그런 말 하면 안 되죠. 처음에는 형님도 저분들 못지않게 안 믿었거든요."

"아, 그때는 워낙 사건이 사건이다 보니 그랬지."

"청와대 오더라서요?"

"차 박사 위상이 그랬잖아."

"그분 연구가 성공했으면 어떻게 되었을까요?"

"응?"

"뇌를 장악하고 조종할 수 있는 초능력을 연구 중이었다면서요?"

"그랬지."

"그분이 청와대와 손잡고 국가적인 프로젝트를 운용하면 잘되고 있을까요?"

"갑자기 그건 왜 묻는 거야?"

"내가 청와대를 비롯해서 높으신 분들하고 뇌파 좀 섞어보았잖습니까? 그런데 정작 청와대는 그분 검증을 제대로 하지 못했죠."

"……."

반석기가 입을 다물었다. 자신의 목적을 위해 아내와 아들을 죽인 아버지였다. 애석하게도 그걸 몰랐다. 공직자라면 논

문 대필이나 표절 하나 터져도 난리가 나는 판이다. 그런데 그 어마어마한 걸 몰랐으니…….

"그래서 말인데… 혹시 검사님들 중에는 비리 검사가 없나요?"

강토는 시치미를 떼고 물었다. 검사라고 청렴의 신은 아니었다. 당연히 누군가 부정부패에 물든 사람이 있을 수 있었다.

"으음, 어쩐지 내 비리를 까라는 거 같아 숨이 막혀오는데?"

반 검사는 넥타이를 느슨하게 풀었다.

"형님이라고 다 알지는 못하겠지만 주변은 어때요?"

"우리 지검?"

"예."

"뭐 소소한 거야 모르지만 큰 건은 없을 거야. 그런 게 있으면 소문이 나게 마련이거든."

"장담할 수 있습니까?"

"그, 그거야…….."

대답하는 반 검사의 목소리가 흔들렸다. 확신이 없다는 반증이다.

"공찬욱 아시죠?"

"공 부장님?"

"그분은 어떨까요?"

묻는 강토의 눈에서 레이저가 나오기 시작했다. 반 검사도 그걸 깨달았다.

"그 양반 뇌를 점검한 건가?"

마른침을 넘기며 조금 다가앉는 반석기. 반 검사도 뭔가 알고 있는 듯한 느낌이다.

"내가 형님에게 질문한 사안입니다."

"……."

"아십니까?"

"뭐 정치적인 사람이라 여기저기 다리를 걸치고 있는 정도는 알고 있지. 지난번 노중권 사건 때도 슬쩍 압박을 가해왔으니까."

"그 정도가 아닙니다. 거실의 장식용 대형 도자기를 5만 원권 저금통으로 사용할 정도니까요."

"……?"

"더 구체적인 정보를 주면 공찬욱, 솎아낼 수 있습니까?"

"공 부장을?"

반석기의 이마에서 끝내 땀방울이 흘러내렸다.

"저 실은 방송국 끼고 정정련하고 비리 정치인 검증 작업을 하고 있습니다."

"……!"

"솔직히 형님이 심정적으로라도 공감해 주길 바라지만 생각은 다를 수도 있겠지요. 저만의 짝사랑일 수도 있겠고."

"검증 작업이라고 했나?"

"그래서 선택권을 드린 겁니다."

선택?

반석기의 뇌 안에서 우르릉 지진이 이는 소리가 들렸다.

이편이냐, 저편이냐?

그 표식이 공찬욱이다. 반석기가 공찬욱을 치면 강토 편, 그렇지 않으면 다른 길을 알아볼 생각이었다.

"정치인 검증 작업이라……."

반석기는 물컵의 물을 단숨에 들이켰다.

"정정련은… 누구와 손을 잡았나? 거기 출신 어창진도 제 출세에 눈이 먼 인간으로 아는데?"

"그쪽과는 다른 줄기입니다. 믿을 만합니다."

"얼마나?"

"제 목을 걸지요."

강토는 단호했다.

"약해. 미안하지만 아우님 목은 아직 정치적으로 별 가치가 없거든."

반 검사의 입가에 쓴 미소가 스쳤다.

"처음부터 가치가 높은 사람은 없습니다. 다 맨주먹 아기로 태어나지 않습니까?"

"그건 공감. 우리 총장님도 태어날 때는 달랑 방울 두 개뿐이었지."

반 검사는 빈 컵을 만지작거리며 말을 이었다.

"방송은? 메이저인가?"

"내 질문이 먼저입니다."

"공찬욱 부장, 석귀동과 은재구 의원 라인. 그 둘의 정치적

비즈니스에 방울 소리 딸랑거리며 이런저런 이권에 개입하며 편리 제공. 혹시 정보라는 게 그건가?"

고뇌하던 반석기의 입이 열렸다.

"알고 있었습니까?"

"장 고문님께 주워들은 얘기야."

"장 고문님이 알고도 묵인한 거라는 겁니까?"

"설이잖아? 청와대에서 설까지 관여할 수야 없지."

"형님은요?"

"검찰도 마찬가지야. 윗선의 지시라도 있으면 모를까 설을 수사할 수는 없어."

"설이 아니라 사실입니다."

"사실이라······. 아우님이 직접 확인한 거라면 매우 구체적이겠지?"

"예."

"왜 공 부장인가?"

"형님한테 하위직 공무원 비리 같은 걸로 승부를 걸라고 할 수는 없지 않습니까?"

"그렇군."

꼴꼴꼴!

다시 물컵을 잡은 반 검사. 컵이 빈 걸 알고 물을 따랐다. 너무 따라 물이 넘쳤다.

"내가 공찬욱 편을 택하면 아우님은 누굴 찾아갈 건가?"

"찾아낼 겁니다. 썩은 환부를 도려낼 용기를 가진 사람."

"아무나는 안 되고 자격증이 있어야 해."

반 검사의 말에는 뼈가 들어 있었다.

"자격증이라고요?"

"사람 하나 수술하는 데도 의사 면허가 필요하지 않나? 하물며 대한민국의 머리를 수술하는 일이야."

"……."

"젠장!"

반석기는 주먹으로 테이블을 후려쳤다. 컵이 덜컥거리며 또 물을 쏟아냈다.

"가자고."

먼저 일어선 반석기가 말했다.

"예?"

"아우님 번지수 잘못 짚었어. 정치권 수술은 나 같은 말단 검사 힘으로 가능한 일이 아니거든."

"형님!"

"몸 사리는 거 아니야. 난 자격증이 없단 말이지."

"그런데 어딜?"

"자격증 있는 분에게 가서 베팅을 해야지."

"……?"

"아우님도 알잖아? 장철환 고문님!"

'장 비서관?'

"그분, 날개 접은 대붕이야. 다른 정치인들보다는 인품도 되고 사이즈도 되지. 지금은 봉황의 그늘에 가려 있지만 봉황의 시대가 끝나면 대붕의 시대가 열릴 수도 있지. 물론 본인이 원해야겠지만!"

반석기의 표정은 사뭇 비장했다.

대붕!

강토의 뇌리에 장철환이 스쳐 갔다. 그가 대붕인 것은 의심할 여지가 없었다. 우선 인품이 좋았다. 식견도 있고 카리스마도 있었다. 강토 또한 그를 염두에 두지 않은 것은 아니다. 어느 정도 준비한 후에 도움을 요청할 생각이었다.

하지만 반석기가 옳았다. 정치권이나 권력자들을 상대하는 건 스포츠의 리그전이 아니었다. 토너먼트이다. 매번 모든 것을 건 단판 승부로 나가야 하는 것이다.

"한 가지만 말하지. 장 고문님께서 날개를 편다고 하시면 내가 책임지고 공찬욱 발라서 아우님 편이라는 거 증명해 주지. 하지만 그분이 거절하면 아우님도 이 일 접어. 방송국 간부와 시민단체 간부 정도의 힘으로는 권력이라는 핵폭탄을 상대할 수 없어."

반석기가 강토를 바라보았다. 강토는 굳은 표정으로 자리에서 일어섰다.

"대붕의 날개를 펴 보이죠."

"……!"

반석기의 요청을 받고 서울시립미술관 인근의 한식당으로 나온 장철환. 그의 미간이 두툼하게 접혀 있다. 강토는 다시 한

번 상황을 설명했다. 반석기에게 한 것과 같았다.

─들여다볼수록 점입가경인 권력자들의 부패.

─모르면 몰랐지, 빤히 보고는 넘어갈 수 없는 청년의 마음.

한쪽은 취업에 목을 매고 알바 자리에 숨이 넘어가고 있지만 또 한쪽은 비리로 처먹은 돈으로 금고가 터지는 상황. 춘향전의 변 사또가 울고 갈 수준이었다.

金樽美酒 千人血─금잔에 담긴 향기로운 술은 백성의 피요,

玉盤佳肴 萬姓膏─옥쟁반에 담긴 맛있는 안주는 백성의 기름이라.

歌聲高處 怨聲高─촛대에 촛농 흐를 때 백성의 눈물 떨어지고,

燭淚落時 民淚落─노랫소리 높은 곳에 백성의 원망 소리 높구나!

강토가 토한 열변은 노랫소리처럼 오랫동안 귀를 울렸다.

"……."

세 사람은 똑같이 침묵했다. 말을 한 강토도 그랬고 들은 장철환도 그랬다. 반석기 역시 같았다. 한참이 지나서야 장철환은 테이블 위의 물 잔을 들었다. 딱 한 모금을 마시고 내려놓는 장철환.

"이 대표가 고생이 많군."

첫마디가 나왔다. 강토는 귀만 반응했다. 난해한 말이 나온 것이다.

"석 의원, 알고 보니 부패한 단백질 덩어리였다?"

"예."

"한순길도?"

"예."

"이 대표가 뇌파를 맞춰본 의원들도 상당수 그랬고?"

"예."

"그래서 참다못해 방송국 간부와 시민단체 손을 잡고 정치권 청정 작업에 나선다?"

"예."

"300여 명 의원뿐만 아니라 어떤 고위층의 권력자라도 비리와 부패를 체크할 용의가 있다?"

"예."

"능력도 있고?"

"…예."

"허니 나보고 총대 메라?"

"예."

"나는 어떻게 믿고? 내 뇌파는 이 대표 능력으로도 체크가 안 된다며?"

"체크는 안 되지만 형태로 미루어 알 수 있습니다. 좋은 분이라는 거."

"오늘의 친구가 내일은 원수가 되는 게 정치판이라네."

"……."

"이 대표!"

"예."

"치기는 아니겠지?"

"물론입니다."

"그럼 저주로군."

"예?"

"이 대표의 능력 말일세. 뇌파로 타인의 마음을 읽어내는 그 능력."

"무슨 말씀이신지……."

"그게 없었다면 평범한 청년으로 살아갈 수 있을 것을 능력 때문에 핵 회오리 안으로 들어가고 있지 않은가?"

"……."

"책임의 일단은 나에게 있겠지. 청와대 일을 맡기면서 권력판의 이면을 엿보게 한 게 나였으니."

"……."

"그 책임을 내가 거두겠네."

"……?"

"반 검사!"

물 잔을 집어 든 장철환이 굵고 짧은 목소리를 밀어냈다.

그러자,

척!

권총을 꺼내 든 반석기가 장철환에게 그걸 건네주었다. 장철환은 그 총구를 강토의 관자놀이를 향해 겨누었다.

"……!"

　　　　　*　　　　　*　　　　　*

"장 고문님!"

"쉬잇!"

장철환이 고개를 들었다.

"반 검사의 뇌파는 읽었지만 내 뇌파는 읽을 수 없다고 했지?"

"……."

"자네 능력은 높이 사네. 하지만 너무 날뛰고 있어. 뇌파로 타인의 마음을 읽는 독심술, 굉장하지. 하지만 그걸로 나라를 구할 수 있겠나? 그것도 반쪽짜리를 가지고 정치권력을 상대한 다고?"

"……."

"어차피 자네에게 비리를 털린 누군가가 자네 머리에 총구를 겨눌 걸세. 그리고 배경을 추궁하겠지. 자네는 나와 반 검사를 팔 가능성이 농후하고. 그럴 바에야 내가 미리 후환을 정리하 는 게 낫겠지."

"장 고문님……."

"이제야 후회가 되겠지. 하지만 모든 후회는 언제나 늦는 법 이라네."

"후회하지 않습니다."

총구를 노려본 강토가 또렷하게 입을 열었다.

"이렇게 죽어나가는 데도?"

"그건 두고 봐야 알죠."

"시내 한복판이라 못 당길 걸로 생각한다면 오산이야."

"……."

"그럼 잘 가게."

장철환은 단호했다. 손가락 근육이 움직이는 게 보였다.

강토는 짧은 촌각 동안 수만 가지 생각에 빠졌다. 그만큼 장철환의 행동은 전격적이었다. 정치인 믿을 놈 없다더니 그 말이 진리였을까? 지지는 못할망정 이렇게 나올 줄은 몰랐다.

'시크릿 메즈!'

별수 없이 매직 뉴런을 겨누었다. 하지만 장철환의 손가락이 더 빨랐다.

철컥!

기어이 방아쇠가 당겨졌다.

타앙!

아련한 총성이 강토의 뇌리에 울려 퍼졌다. 검사의 권총. 모조품이 아니었다. 쏘면 강토의 뇌에 매직 뉴런이 들어 있다고 해도 구멍이 날 것이다.

"……?"

하지만 총소리는 강토의 환청이었다. 장철환은 방아쇠를 당겼지만 총알은 나가지 않았다. 탄창이 비어 있던 것이다.

"총알이 없다니… 하늘이 자네를 살렸군."

장철환이 총구를 들여다보며 말했다. 강토는 휘청거리는 의식을 미친 듯이 눌러 세웠다. 죽지 않은 것이다.

"이 대표!"

총을 내려놓은 장철환이 말했다.

"예."

"죽음도 두려워 않는다?"

"……."

"그렇다면 자네가 진짜 내 날개가 되어주겠나?"

"기꺼이!"

"입이 아니라 목숨으로, 말이 아니라 행동으로, 상상이 아니라 증명으로 말일세."

"기꺼이!"

"반 검사는?"

"저야 일찌감치 고문님 사람이었습니다."

"나도 정치와 권력의 부패에 손을 대고 싶은 마음은 굴뚝같았네. 내 어머니의 염원이기도 하셨고. 하지만 소리 없이 증거와 자료를 모아줄 주체가 없었네. 검찰이나 경찰을 동원하면 바로 새어 나가 버리고. 그러다 보니 그저 도를 지나친 한두 명에게 본보기를 보이는 수준이었네. 하지만 이 대표라면 그 일을 할 수 있겠지."

"……."

"하늘이 이강토 대표를 내게 보내 권력의 부패를 청소하라 하신다?"

"……."

"가렴주구의 권력자들에게 해방 이후 처음으로 단죄의 칼을 뽑는다?"

"……"

"허헛, 치명적인 유혹이군. 썩은 권력자들의 속내를 소리 없이 검증할 수 있는 기회라……"

"……"

"그래서 우리 어머니가 살아나셨나? 부패를 보고도 침묵하는 관리는 국록을 먹을 자격이 없다고 꾸짖으시더니 그 일을 보고 가시려고?"

"……"

"그렇다면 내가 총대를 메는 수밖에. 어머니의 자식으로, 대한민국의 관리로 더 이상 부끄럽지 않으려면!"

장철환이 고개를 들었다. 한없이 숙연하고 숭고한 얼굴이었다.

"장 고문님!"

감격의 외침이 강토와 반 검사 입에서 동시에 터져 나왔다.

"좌우에서 단단히들 매달리게. 자네들이 내 날개에서 떨어지면 나도 같이 추락하는 것이니!"

"예!"

"오늘부터 반 검사는 이 대표를 각별히 보호하고."

"예!"

반 검사의 목소리 또한 비장했다.

대붕!

마침내 숨죽이고 있던 날개를 폈다. 순간, 날개의 주인인 장철환의 눈빛이 고고한 광채를 뿜었다. 그 광채를 따라 두 사람의 눈에서도 빛의 폭풍이 몰아쳤다. 강토와 반 검사였다.

　차 박사를 픽업한 장철환.

　강토를 추천한 반석기.

　장철환의 마음을 돌린 이강토.

　셋은 그렇게 한 열차에 올라타게 되었다.

　척!

　장철환이 손을 내밀었다. 반석기가 그 위에 손을 포갰다. 강토도 포갰다. 말은 하지 않았다. 이미 델 정도로 뜨거워진 세 사람의 심장. 그 신뢰의 열기가 손에도 오롯했기 때문이다.

　테라스에 햇살이 녹아내리고 있다. 햇살은 커피 잔 안으로도 녹았다. 햇살이 녹아난 커피 냄새는 향긋했다. 반 검사는 그 향을 맡으며 이야기를 풀어놓았다.

　"그렇게 장 고문님을 만났지. 말은 안 했지만 지금의 나에게는 가족처럼 각별하신 분들이야."

　이혜선!

　알고 보니 반 검사의 부친도 이혜선 여사의 제자였다. 그냥 제자가 아니라 아끼는 제자였다. 장관이 되는 데도 그녀의 공이 컸다고 한다.

　"우리 아버지, 진골들 입장에서 보면 반골이었거든. 아우님 아버지처럼 말이야."

반 검사는 역사에 빗대어 부친을 설명했다. 그의 아버지는 뚝심과 신념을 겸비한 공직자였다. IMF 시절 그의 아버지는 부처의 국장이었다. 외국계 자본과 피나는 혈투를 벌였다. 그들은 지원을 빌미로 쓸 만한 국내 기업이나 기반을 요구했다. 국내 기업 인수도 활발했다. 그 안에는 사기성 자본도 많았다. 지원을 빌미로 국내 자본을 수탈한 해적 자금이었다.

그러나 그걸 구분할 여력도, 여유도 없었다. 그렇게 문제가 된 일들이 국장 앞에 과제로 던져졌다. 한 외국 자본이 국내 은행을 먹어치우게 되었다. 그들은 은행이 정상화되자 웃돈을 챙겨 떠났다. 이 과정에서 엄청난 합의금을 물어주는 일이 생겼다. 정부가 개입하게 되었다.

합의!

그들은 소송을 걸기 전에 합의를 요구해 왔다. 6,000억이었다. 청와대에서는 국민감정을 내세워 반대를 주문했다. 찬성한 것은 오직 반 국장이었다.

반 국장도 물론 비분강개했다. 외국 자본에의 수탈을 그가 왜 모를까? 그러나 상대는 자본 약탈을 전문으로 하는 치밀한 해외 자본. 정치 논리로 해결될 일이 아니었다. 소송으로 가면 저들이 원하는 주장하는 1조 8,000억 원을 고스란히 안겨줘야 할 판이었다.

6,000억과 1조 8,000억!

피할 수 없는 일이라면 적은 쪽을 택하는 게 실리였다.

"당신 매국노야!"

엄청난 손가락질을 받았다. 그러나 굴복하지 않았다. 그는 당시 소신 없는 바지장관과 차관을 설득하고 청와대의 협박까지 뿌리치고서야 합의를 관철시켰다.

남은 건 오명뿐이었다. 외국 자본으로부터 뒷돈을 받았다느니 하는 모함이 이어졌다. 검찰 수사를 받았다. 검사들이 놀라 나자빠졌다. 그의 통장에는 잔고가 고작 2,000만 원뿐이었다. 집은 32평 아파트 하나였고, 그마나 15년째 융자금을 갚고 있는 중이었다.

사무실에서도 봉투 하나 나오지 않았다. 아니, 10여 개 나오기는 했다. 바로 복지원 지원 봉투였다. 그는 오직 국장의 봉급만으로 매월 복지원 열 곳에 꼬박꼬박 5만 원씩 지원을 해온 것이다.

보다 못한 이혜선이 청와대로 들이닥쳤다. 그녀는 당시 대통령과 담판을 지었다. 투기 자본의 속내를 정확히 읽고 대응한 공무원. 양심을 걸고 효과적인 방법을 모색한 애국 공무원. 정치권의 입맛에 맞지 않는다고 난도질을 하면 이제 누가 총대를 멜 것인가? 이 여사는 청와대를 닦아세웠다.

"잘못했습니다."

청와대가 백기투항을 했다. 청와대 안에는 예나 지금이나 그녀의 제자들이 많았다.

"보상하세요!"

이혜선은 단호했다.

"어떻게 하면 되겠습니까?"

"허수아비 장관을 내치고 반 국장을 장관에 앉히세요. 그것
으로도 모자라지만."

이혜선은 그 말을 두고 청와대를 떠났다. 그다음 달에 단행
된 개각에서 반 국장은 비로소 장관이 될 수 있었다. 그리고
그의 청문회는 전 의원의 기립박수로 끝났다. 그 또한 이 여사
의 영향이었다. 반 국장의 명예를 완전하게 회복시켜 준 것이
다.

그 이후에 반석기는 장철환을 알게 되었다.

혜안의 여성 교육자 이혜선.

그의 아들 장철환.

뚝심과 신념의 공직자 반공찬.

그의 아들 반석기.

당시 반석기는 사법고시를 보고 있었다. 첫해에 고배를 마셨
다. 나름 고뇌에 차 있을 때 아버지의 명예 회복을 지켜보았다.
가슴에 비로소 불이 붙었다.

그 불은 장철환의 도움이기도 했다.

"한 번 실패?"

첫 실패 이야기를 들은 장철환이 고개를 들었다.

"자네 부친을 보시게. 실패조차도 영광으로 돌려놓지 않으셨
나? 자네도 그 길을 가고 있을 뿐이네."

아버지의 길.

그 자랑스러운 길.

반석기는 변했다. 나태와 회의가 사라졌다. 자신에 대한 신

념과 믿음. 그게 바탕이 되자 공부에 속도가 붙었다. 그 이듬해 반석기는 차석으로 사법고시를 패스했다.

3년 전 부친이 방광암으로 세상을 떠날 때, 그 뿌리를 알게 해준 것도 장철환이 시작이었다. 반공찬은 고민하고 있었다. 어머니를 잃고 아버지만 남은 반석기. 이제 반공찬이 입을 닫고 죽으면 그가 양자라는 건 영원한 비밀이 될 판이었다.

그 고민을 이혜선과 장철환에게 상의했다.

"매화나무 가지에 붙여 키운 벚나무는 매화나무 수액을 받았을까, 벚나무 수액을 받았을까?"

이혜선은 한마디로 답을 내놓았다.

반공찬은 용기를 얻어 반석기에게 양자임을 밝혔다. 그러나 친자식보다 더 아끼고 사랑하노라고 밝혔다. 그날 반석기는 눈물을 말통으로 쏟아냈다. 양자라는 사실 때문이 아니라 아버지의 뜨거운 사랑 때문이었다.

"이제부터 내가 자네 부친 역이 될 걸세. 당연히 자네 부친에게는 미치지 못하겠지만."

장례식에 찾아온 장철환이 한 말이다. 이혜선 여사는 반석기의 손을 꼭 잡아주었다. 두 사람에게서는 어머니와 아버지의 향이 났다.

그렇다고 단순히 정서적 감동 때문에 장철환에게 반한 반석기는 아니었다. 그럴 만한 사건이 있었다. 검사 임용 후에 정치인 비리 내사가 있었다. 그때 장철환의 정적 하나가 검찰 수사망에 걸렸다. 큰 죄는 아니었지만 이미지에 타격을 가할 수 있는 사안이었다. 장철환에게 보고를 했다. 장철환의 반응은 뜻밖이었다.

"없던 일로 하시게."

그건 반석기의 기대와는 반대되는 말이었다. 의아해하는 반석기에게 장철환이 다음 말을 내놓았다.

"성공하려면 반드시 경쟁자가 필요하다네."

반석기는 그 말을 알아들었다. 장철환은 역시 대물의 혈통이었다. 반석기와 장철환의 역사는 그렇게 이어져 왔다.

"아!"

반 검사의 말을 들은 강토는 심연 깊은 곳의 한숨을 밀어냈다. 정말이지 고결한 인연이었다. 이혜선과 반공찬. 스승과 제자로서 어찌 그보다 아름다울 수 있을까? 장철환 또한 새삼 믿음이 더해졌다. 그런 어머니 밑에서 훈육된 사람이라면 대붕이되고도 남을 일이었다.

"장 고문님."

반 검사가 강토를 바라보았다.

"아우님이 생각하는 것처럼 그저 한 사람의 청와대 수석 비서관이 아니야."

"……."

"인생은 잘 모르지만 누구든 깔아놓는 게 있어야지. 농부는 씨를 뿌려 수확을 얻고, 기업가는 투자를 통해 이윤을 얻듯이 말이야. 그러니까 장 고문님은 깔아놓은 게 많은 분이라는 거야."

"……."

"그 어머니의 인맥, 장 고문님의 인맥."

"……."

"장 고문님 대붕의 날개에 놓은 불침… 잘한 거 같아."

"불침이라고요?"

"앗, 뜨거 하며 날개를 펴게 하는……."

"형님!"

"많은 사람들이 장 고문님에게 대권까지 말해왔지만 돌아보지 않으셨지. 그러다 어머니 이… 여사님께서 몹쓸 병에 걸리지 않았나? 그 후로 그런 바람도 잠잠해졌어. 그런데 이 여사님을 아우님이 살렸지 않나? 장 고문님의 인품에 이 여사님의 후광이 다시 발광을 시작한 거지. 이 모든 출발의 시작점이 아우님이야."

"형님……."

"이 여사님, 내 앞에서도 몇 번이고 말씀하셨어. 우리 아우님, 하늘이 내린 인연이니 각별하게 대하시라고. 장 고문님도 그러마고 다짐하셨고."

"……."

"자, 그럼 우리도 슬슬 움직여 봐야지? 공찬욱 아작 내라고 했나?"

"시작하시게요?"

"고백하자면 그 양반은 원래 사정 대상 리스트에도 몇 번 올랐던 사람이야. 다만 구체적인 증거가 없고 여당 내의 역학 구

조 때문에 그때그때 지나갔는데… 장 고문님이 마음을 먹었으
니 청와대에서 작업에 들어갈 거야."

"그렇군요."

"아우님, 방송 쪽 친구들이랑 작업 구상 중이라고 했지?"

"예."

"그럼 거기다 나한테 말한 내용 먼저 흘려. 방송 쪽 친구들
의지도 확인할 겸."

"이미 진행 중입니다."

"역시 그렇군. 하지만 입으로만 뻐끔거리면서 뜨뜻미지근하
게 나오면 걱정 말고 과감하게 라인 갈아버려. 언론에도 기레
기가 너무 많거든."

반석기가 웃었다. 강토의 가슴이 끓기 시작했다. 거대한 희
망이 보였다. 막연하게 권력판의 부패 청산을 구상하던 설계도
에 빛이 내린 기분이다. 이강토, 마침내 안갯속에 뚫린 대로가
보였다.

＊　　　　＊　　　　＊

그날 저녁 강토는 장철환의 자택 초대를 받았다. 반석기와
함께였다.

"어서 와요."

이혜선이 선 고운 한복 차림으로 강토를 맞았다.

"안녕하세요?"

강토는 겸손하게 인사를 올렸다.

"어서 오시게. 초대가 좀 늦었지?"

장철환도 평상복 차림이다. 소탈한 차림도 잘 어울리는 그였다. 저녁상은 이혜선이 가정부와 함께 직접 차려놓았다. 한 상 가득 나온 밥상은 소박한 한정식과 닮아 보였다.

"모친께서 직접 만드신 것들이네. 이 대표가 온다니까 손수 시장을 보셨어."

장철환이 말했다. 이제는 정상인으로 돌아온 이혜선. 가벼운 산책부터 밑반찬 만들기까지 못하는 일이 없었다.

"많이 먹어요."

이 여사는 온갖 반찬을 강토 앞에 몰아주었다.

"어, 너무 편애십니다, 어머니!"

장철환이 괜한 투정을 부렸다.

"저도 괜히 온 것 같은데요?"

반 검사도 동참한다.

"왜들 그래? 너희가 지금까지 먹은 내 밥이 얼마인데? 우리 이 대표는 오늘이 처음이잖아. 만날 때마다 열 그릇씩 먹는다고 해도 너희들 분량 못 채워."

이 여사는 자애로운 미소로 강토를 거들었다.

'엄마!'

괜히 콧등이 시큰해졌다. 강토에게도 당연히 어머니가 있었다. 어머니의 사랑을 받은 기억도 간직하고 있다. 하지만 이런 어머니는 아니었다. 옆에만 있어도 잔잔한 기품이 물들 것 같은 그런 어머니…….

"우리 못난둥이 아들을 많이 돕고 있다고?"

"아닙니다. 제가 도움을 받는 거죠."

강토는 황송함에 손사래를 쳤다.

"아니야. 이 대표 능력은 내가 잘 알지. 머리를 맑게 해주는 능력을 지녔잖아?"

이 여사는 루이체 치료를 기억하는 모양이다.

"변변찮은 능력입니다."

"천만의 말씀. 국민을 위해 일하는 사람은 두 가지가 맑아야 해요. 머리와 가슴. 둘 다 맑지 못할 바에는 하나만 해도 어딘데? 부디 저 못난둥이의 머리에 욕심 때가 끼지 않도록 도와줘요."

"예……."

"그럼 많이들 먹고 가요. 남자는 밥심이니까 어려워들 말고."

이 여사는 미소를 남기고 식탁을 떠났다.

"뭐해, 어서들 들지 않고? 저 양반이 옛날 분이라 먹는 거에 민감해서. 깨작깨작 먹는 사람 제일 싫어하니까 허리띠 풀고 먹자고."

"저는 아예 차에 풀어놓고 왔습니다."

초행이 아닌 반 검사가 장단을 맞춰주었다.

밥을 먹었다.

반찬도 먹었다. 갈치구이는 정말 환상이었다. 마치 요리 책자에서나 보던 그 노릇함. 따뜻하게 발라지는 하얀 살점은 입

안에서 절로 녹아내렸다.

산나물과 장아찌 등도 기가 막혔다. 강토로서는 정말이지 처음 맛보는 일품 진미였다.

식사를 마치고 서재로 자리를 옮겼다. 서재는 넓었다. 동시에 장식장은 아니었다. 곳곳의 테이블에는 책이 펼쳐져 있고 메모와 정리표가 보였다. 장식용이 아니라 공부를 위한 서재라는 게 한눈에 보였다.

"어이쿠, 내가 정리도 안 하고 손님을⋯⋯."

장철환이 테이블 정리를 시작했다. 그 틈에 종이 몇 장이 바닥으로 흘러내렸다. 강토가 집어 들었다.

〈봇〉

〈그리치〉

〈블록체인〉

〈머신러닝〉

〈빅데이터〉

〈사물인터넷〉

〈디바이스 메시〉

한두 개 외에는 잘 들어보지 못한 용어였다. 다음 장의 것도 비슷했다.

〈갈라파고스 증후군〉

〈뷰카(VUCA)〉

〈슬리포노믹스〉

강토는 종이를 장철환에게 건네주었다.

정리가 끝나자 차가 들어왔다. 그 또한 이 여사가 손수 타주었다.

"내가 생명의 은인을 너무 늦게 모셨어요. 진작 모셔서 차 한잔 드린다는 게 우리 아들도 바쁘고 하다 보니……."

쪼르륵!

차는 하늘 높은 곳에서 떨어지고 또 떨어졌다. 우아한 솜씨에 이미 맛이 간 강토. 그윽하게 퍼진 차 향 속에서 이 여사의 목소리를 들었다.

"고마워요. 나에게 이런 기회를 안겨줘서."

이 여사의 말은 진심이었다. 진심을 다한 말이었다.

"저야말로 영광입니다."

"앞으로도 우리 아들을 돕기로 했다고요?"

"예."

"잘 부탁해요!"

"예, 예."

"이 친구가 공 비서관 검증 심사했다는 말씀드렸죠? 공직자의 때를 귀신처럼 들여다보는 친구입니다."

"그럼 우리 아들 좀 자주 들여다보세요. 해묵은 때가 끼면이 늙은이에게도 좀 알려주고."

"말씀 낮추세요."

"그럴 수 있나요? 내 생명의 은인이신데."

이 여사가 웃었다.

이 여사는 그 자리에서 강토에게 휘호를 하나 써주었다.

〈上善若水〉

붓글씨는 날아갈 듯 생동감이 넘쳤다.

"우리 못난 아들 잘 부탁한다는 성의예요."

이 여사가 화선지를 접어 내밀었다.

"우리 어머니, 이 대표에게 푹 빠지신 모양이야. 첫 방문에 휘호를 내리시는 건 처음이군."

이 여사가 나가자 장철환이 웃었다.

"그러게요. 샘나는데요?"

반 검사도 거든다.

"이 대표!"

장철환의 목소리에 잔잔한 힘이 들어갔다.

"예."

"업무차 미국에 간다고?"

"예."

"다녀오면 큰일을 하나 맡아주어야겠어."

'큰일?'

"어쩌면 자네 능력을 한 번 더 보여주어야 할지도 모르겠네."

"……?"

"현 대통령께서 지난 정권에서 커다란 패착을 몇 개 넘겨받았네. 그런데 이게 곪은 것은 차치하고 당시 결정권자들이 허튼소리를 하며 서로에게 책임을 떠넘기고 있어서 큰 부담이 되고 있다네."

"대통령께 말입니까?"

"아니, 우리나라 경제에."

"……!"

기대와 다른 말이 나왔다. 대통령이 아니라 이 나라 경제. 장철환은 그런 사람이었다. 자신의 자리를 보신하는 게 아니라 멀리 보고 있었다.

"모두 네 사람이네."

'넷!'

"당시 청와대 경제수석과 금융위원장, 기재부 장관, 그리고 국책은행인 나라은행장이라네. 그 당시 경제의 키를 잡고 있던 사람들이지."

"……."

"오해는 하지 말게. 정적을 치려는 치졸한 짓은 아니니."

"예."

"이게 왜 중요하냐 하면 불황의 늪에 빠진 경제 때문일세. 구조조정에 대한 콘트롤타워를 세워야 하는데 본보기가 없어. 네 사람 다 책임을 서로에게 돌리고 있네. 자신들은 책임이 없다는 거지."

"……."

"문제는 청와대 서별관 회의라는 게… 지금도 그렇지만 회의 기록 같은 게 없다는 거네. 어느 한편이 그렇다고 말하면 먹힐 수밖에 없네."

"……."

"그러나 누군가는 책임을 져야지. 서별관 회의는 분명히 열렸고, 네 사람은 당시 결정권을 행사할 수 있는 위치에 있었네. 다들 자신만은 오늘 일을 예견하고 바른 소리를 했다고 하고 있는데 밝혀줄 사람이 없네."

"……"

"게다가 그들 넷은 이제 대통령의 편이 아니라네. 임기 막판이니 대통령을 밟고 자기 자신을 띄우려 하고 있지. 일말의 책임감조차 없는 안하무인들이야."

"그 일, 제가 하죠."

강토는 기꺼이 받아들였다.

"고맙네. 다만 내가 걱정스러운 건……"

장철환은 잠시 붓을 만지작거리다가 말을 이었다.

"이 대표의 뇌파 분석이 100%는 아니라는 거. 그래서 말인데, 미안하지만 그 네 사람과 뇌파가 통하는지를 미리 체크할 수 있겠나? 마지노선을 알려주면 우리 쪽에서 분위기를 맞춰서 비공식 청문회를 마련할 생각이네. 청와대 서별관에 말일세."

사전 점검!

모든 사람에게 100%는 통하지 않는 강토의 매직 뉴런.

장철환은 그렇게 알고 있다. 아니, 모든 사람이 그렇게 알고 있다. 강토는 약간의 죄의식이 들었다. 기왕에 믿고 갈 사람이니 고백을 할까도 싶었다.

아니지.

다시 고개를 저었다.

안전장치!

그건 영원히 필요한 일이었다.

"사력을 다해 체크하고 말씀드리겠습니다."

마음을 바꾼 강토가 담담하게 대답했다.

"반 검사!"

장철환의 눈빛이 이번에는 반석기를 겨누었다.

"말씀하시죠."

"공찬욱 말이야. 대통령과 상의해 내일 중에 총장 편에 넌지시 검사 비리에 대한 자체 조사를 권하도록 하겠네. 자네가 수사 검사로 지명되도록 할 테니 그때 착수하게나. 자칫 공찬욱 라인의 검사가 맡게 되면 면죄부를 주는 꼴이 될 테니."

"드디어 칼을 뽑으시는군요."

반 검사가 반색을 했다.

"어련히 알아서 하겠지만 오해의 소지가 없도록 하시게. 청와대는 여당에도 적이 많은 거 잊지 말고."

"염려 마십시오. 공찬욱 부장은 제게도 자료가 있지만 이 대표가 현미경 자료를 넘겨주었습니다. 어차피 검찰 조직 안에 둘 수 없는 사람이라고 생각합니다."

"서두르지 말고 우보(牛步)로 가세. 소의 걸음처럼 느리게, 그러나 힘차게!"

"알겠습니다!"

"이 대표는 미국 잘 다녀오고."

"예."

장철환이 다가와 강토의 어깨를 두드려 주었다. 아버지의 격려와는 또 다른 느낌이었다. 마치 거대한 산맥의 격려를 받는 기분이 들었다.

차로 돌아온 강토는 핸드폰을 꺼냈다. 〈디바이스 메시〉부터 검색해 보았다.

'축구선수 메시는 아닐 테고…….'

검색 결과가 나왔다.

메시는 그물망이라는 의미였다. 그러니까 디바이스 메시는 스마트폰과 컴퓨터, 웨어러블 기기, 자동차, 카메라, 냉장고, 텔레비전 등의 전자제품이 그물망처럼 연결되는 것을 의미한다.

다음은 뷰카.

뷰카는 변동성(Volatile), 불확실(Uncertain), 복잡함(Complexity), 모호성(Ambiguity)의 약어이다. 세계 동향 및 기업 경제에서 자주 쓰이는 말. 이 상황이 오면 기업에 경영 쇄신과 구조조정 등 다양한 생존법을 모색해야 한다는 설명이 나왔다.

끄덕!

고개가 숙여졌다. 권력의 끝판왕으로 불리는 청와대. 그 안에서도 실세에 속하는 수석 비서관. 그럼에도 장철환은 공부를 쉬지 않고 있었다.

上善若水!

다음으로 찾아본 건 이 여사의 휘호였다.

'상선약수…….'

대략의 뜻은 알고 있다. 하지만 자세히 알아야 할 것 같은 느낌이 들었다.

지극히 착한 것은 물과 같다.

뜻이 나왔다. 노자 사상에서 나온 말이었다. 물은 만물을 이롭게 하면서도 서로 다투지 않으니 이 세상에서 으뜸가는 표본이라는 뜻이었다.

'만물을 이롭게 하면서도 서로 다투지 않는다!'

이 여사의 마음을 알 것 같았다. 이 자세야말로 바른 일을 하려는 사람에게 꼭 필요한 덕목이었다.

하상택과 이해룡, 전병태와 어성갑!

시동을 걸며 네 사람의 이름을 떠올렸다. 셋은 고위 공직자이거나 여당 의원, 한 사람은 야당 의원.

"방 실장!"

문수에게 전화를 걸었다. 지시할 게 있었다. 사진 확보이다. 장철환을 속였지만 시크릿 메즈는 걱정할 필요가 없는 상태. 그렇다 하더라도 얼굴은 숙지하고 있어야 했다.

'서별관 회의라…….'

이미 여론에 회자되고 있는 일이다. 한쪽은 정부의 일방통행적 강압 지시라고 하고 또 한쪽은 협의를 통한 묘책이라고 맞섰다. 그 덕분에 일부 의원은 국회 청문회까지 내놓고 있는 사안이다.

'누구 말이 맞는지…….'

매직 뉴런을 넣어보면 알 일이었다.

아침 뉴스.

잠이 깬 강토는 그것부터 확인했다. 속보가 나왔다. 검찰이
자체 비리에 대해 칼을 뽑았다는 보도였다. 검사장 두 명과 부
장검사, 기타 검사 10여 명이 선상에 올랐다고 한다. 청사에 들
어서는 반석기가 보인다. 듬직했다.

오래지 않아 문수가 도착했다.

바빴다.

반석기도 바쁘고 강토도 바빴다. 방송국에 넘길 머릿수 때
문이다. 덕분에 핸들은 덕규에게 맡겼다. 시간을 줄이는 데는
덕규의 핸들링이 최고였다. 물론 위반 딱지를 각오할 일이기도
했다.

두 명의 국회의원을 체크하고 마지막 한 명을 향해 달렸다.
오늘 중으로 해결이 필요했다. 그래야 내일 미국행 비행기를 홀
가분히 탈 수 있었다.

의원이 참석하는 약사협회 행사장에 닿았다. 약사는 한국에
서도 알아주는 단체. 그렇기에 눈도장을 받으러 온 국회의원도
여럿이었다. 내, 외빈 소개에 이어 여당 중진 권용설 의원 나리
께서 단상에 올라섰다. 권 의원은 비만이었다. 특히 몸통 살집
이 압권이었다.

'뇌물로 받아먹은 금덩이를 몸에다 넣고 다니나?'

정말 엉뚱한 생각이었지만 그런 생각까지 들었다.

"여러분이야말로 우리 대한민국의 근간이자 이 나라 국민의 건강을 책임지고 있는 고귀한 전문인으로서……."

권 의원의 연설이 폭주하기 시작했다.

"여당의 책임 있는 한 사람으로서 여러분의 노고를 위해 물심양면 협력할 것을 하늘에 맹세해 천명하는 바… 윽!"

그의 폭주는 거기서 끝났다. 매직 뉴런 때문이다. 단상의 그에게 시크릿 메즈를 작렬시킨 강토. 그의 부패를 들여다보다 인내심에 바닥을 드러내고 만 것이다.

여당 중진 의원!

권력자였다. 가진 것을 누리는 것까지는 좋았다. 그러나 너무했다. 외국인 귀화 문제로 아랫사람을 죽음까지 몰고 간 것이다.

〈귀화 국가대표〉

그 키워드였다.

추잡한 기억이 나왔다. 동계올림픽 당시 이 경기 단체의 회장이던 권 의원. 실적이 필요했다.

한 건을 올리기 위해 외국 선수를 물색했다. 그를 영입하면 동메달을 바라볼 수 있었다. 단체의 채널을 통해 귀화를 종용했다. 법규에도 없는 지원금도 약속했다. 그야말로 졸속이었다. 실무를 맡고 있던 단체 여 간부 하나가 자격을 문제 삼았다.

"서류에 문제가 있습니다."

"그게 중요해? 거국적으로 생각해야지."

"하지만……."

"내가 책임질 테니 밀어붙여."

권 의원은 무데뽀로 밀었다. 외국인은 귀화를 했고, 올림픽에서 은메달을 안겼다. 그게 문제였다. 난생처음 그 종목에서 은메달이 나오자 언론의 스포트라이트를 받게 되었다. 결국 부적절한 귀화였다는 꼬리가 잡혔다. 여 간부의 말이 맞았다. 외국인 선수가 제출한 서류의 일부가 조작이었다. 보고를 받은 권 의원은 여 간부에게 책임을 떠넘겼다.

"그 정도로 심각했으면 말을 했어야지!"

"보고드렸잖습니까?"

"문제가 있다고만 했지 구체적인 말은 안 했잖아?"

"제가 조목조목 말씀드렸지만 회장님이……."

"아니, 지금 누구한테 책임을 넘기려는 거야?"

"……."

"긴말 필요 없고, 당신이 책임져!"

권 의원은 여 간부의 소소한 비리를 올가미로 내밀었다. 협회의 홍보물을 맡고 있는 업체로부터 받은 협찬금을 문제 삼은 것이다.

"이건 협회에서 관습적으로 해오던 일입니다. 협찬금 또한 전부 협회 업무에 썼고요."

"관습? 그건 불법이야. 검찰에 수사 의뢰해 줄까?"

현직 국회의원 신분인 회장의 압력. 여 간부는 당할 수밖에 없었다. 혼자 불명예를 짊어진 여 간부. 오직 협회 일만 알던 그녀는 결국 음독자살이라는 악수를 선택하고 말았다.

여 간부는 자신의 컴퓨터에 유서를 남겼다. 그걸 협회에서 먼저 발견했다. 권 의원은 컴퓨터 폐기 명령을 내렸다. 이후 동료의 제보로 유족이 사실을 알았다. 하지만 권 의원이 내민 건 국회표 오리발이었다. 컴퓨터는 지구상에서 사라진 후였다.

개자식!

강토는 자꾸 입이 더러워지는 걸 느꼈다. 하지만 제어할 수 없었다.

"억!"

권 의원이 머리를 싸안고 무너지자 법석이 일었다. 보좌관들과 행사 진행자들이 몰려들었다. 거기서 강토는 매직 뉴런의 진가를 보여주었다.

"아하하핫!"

권 의원에게 행복 충만의 감정을 선물한 것이다. 다음으로 눈물 풍성한 감정도 안겨주었다. 웃다가 웃으면 똥구멍에 털 날까? 털을 대신해 객석 여기저기에서 욕설이 나오기 시작했다. 마지막 미션을 끝낸 강토는 벼린 눈빛을 남겨두고 돌아섰다. 그의 기억에서 뽑을 수 있는 것은 다 뽑아낸 후였다.

"우우우!"

객석의 야유가 커지고 있다. 약사는 똑똑한 집단. 권 의원의 상식 이하의 작태를 그냥 넘길 사람들이 아니었다. 어쩌면 권

의원은 오줌을 지리고 있을지도 모른다.

　기저귀라도 하나 선물하고 올 걸 그랬나?

　그게 못내 아쉬웠다.

『시크릿 메즈』 5권에 계속…

초대형 24시 만화방

신간 100%, 샤워실, 흡연실, 수면실(침대석), 커플석, 세탁기 완비

▪ 시흥 정왕25시점 ▪

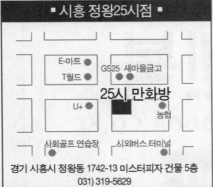

경기 시흥시 정왕동 1742-13 미스터피자 건물 5층
031) 319-5629

▪ 강북 노원역점 ▪

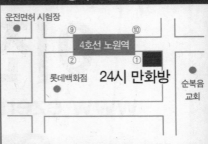

서울 노원구 상계동 340-6 노원역 1번 출구 앞 3층
02) 951-8324 (화용빌딩 3층)

▪ 일산 정발산역점 ▪

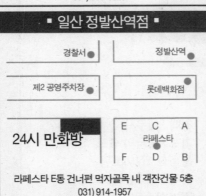

라페스타 E동 건너편 먹자골목 내 객잔건물 5층
031) 914-1957

▪ 일산 화정역점 ▪

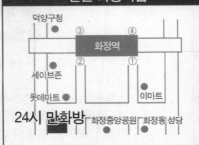

경기도 고양시 덕양구 화정동 984번지 서일빌딩 7층
031) 979-4874 (서일사우나 건물 7층)

▪ 부천 역곡역점 ▪

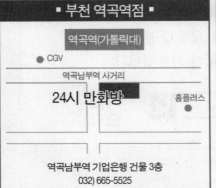

역곡남부역 기업은행 건물 3층
032) 665-5525

▪ 부평역점 ▪

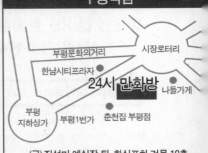

(구) 진선미 예식장 뒤 한신포차 건물 10층
032) 522-2871

궁의
쉐프

Ultimate chef

가프 장편소설

FUSION FANTASTIC STORY

태초의 우물에서 찾은 사막의 기적.
사람의 식성과 식욕을 색으로 읽어내는 능력은
요리의 차원을 한 단계 드높인다.

『궁극의 쉐프』

요리란!
접시 위에 자신의 모든 것을 담아내는 것.

쉐프란!
그 요리에 자신의 가치를 증명하는 사람.

"요리 하나로 사람의 운명도 좌우할 수 있습니다."

혀를 위한 요리가 아닌, 마음을 돌보는 요리를 꿈꾸는
궁극의 쉐프 손장태의 여정이 시작된다!

Book Publishing CHUNGEORAM

유행이 아닌 자유추구 ~
WWW.chungeoram.com

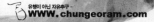

검은 천사

임영기 장편소설

FUSION FANTASTIC STORY

90년대 말, 무너지는 체제 속
살길을 찾아 북한 땅을 탈출하는 주민들.

국경지대에는 고통이 가득했다.
굶주림과 차별, 그리고 위협……
그 속에서 탈북 주민 조은애는 브로커에게 목이 졸려 죽고

그녀의 염원은 기적을 불렀다.

운명의 부름을 받은 한국의 청년 최정필.
두만강을 오가며 탈북자들의 검은 천사가 되다!

Book Publishing CHUNGEORAM

유행이 아닌 자유추구 ─
WWW.chungeoram.com

이계진입 리로디드

임경배 퓨전 판타지 소설

FUSION FANTASTIC STORY

『권왕전생』 임경배의 2015년 신작!

『이계진입 리로디드』

왕의 심장이 불타 사라질 때,
현세의 운명을 초월한 존재가 이 땅에 강림하리라!

폭군으로부터 이세계를 구원한 지구인 소년 성시한.
부와 명예, 아름다운 연안…
해피엔딩으로 이야기는 끝인 줄 알았건만
그 대가는 지구로의 무참한 추방이었다.
그리고 10년 후……

"내가 돌아왔다! 이 개자식들아!"

한 번 세상을 구한 영웅의 이계 '재'진입 이야기!

Book Publishing CHUNGEORAM

유행이 아닌 자유추구 -
WWW.chungeoram.com

이모탈 퓨전 판타지 소설
FUSION FANTASTIC STORY

용병들의 대지
Road of Mercenaries

이 세계엔 3개의 성역이 존재한다.
기사들의 성역, 에퀘스.
마법사들의 성역, 바벨의 탑.
그리고… 그들의 끊임없는 견제 속에 탄생하지 못한

『용병들의 대지』

전쟁터의 가장 밑을 뒹굴던 하급 용병 아론은
이차원의 자신을 살해하고 최강을 노릴 힘을 가지게 된다.

그의 앞으로 찾아온 새로운 인생!
아론은 전설로만 전해지던
용병들의 대지를 실현시킬 수 있을 것인가!

Book Publishing CHUNGEORAM

유행이 아닌 자유추구
WWW.chungeoram.com